どれがほんと?

万太郎俳句の虚と実

髙柳克弘
Katsuhiro TAKAYANAGI

慶應義塾大学出版会

どれがほんと?——万太郎俳句の虚と実　目次

序　論

久保田万太郎の名は、現代において俳句を作る者であれば、誰でも知っている。歳時記をひもとくと、万太郎と署名のある句が、例句としてたくさん載っている。入門書の「表現は簡潔に」や「切字を使いこなす」などの項目でも、必ずといっていいほど万太郎の句が紹介されている。

そして、万太郎のことを知りたくて、いくつかの解説書をひらけば、「下町の抒情俳人」という評価が、そこには書いてあるはずだ。

ある作家にレッテルを貼ったとき、その見えなくなった下にあるものこそが、作家のいちばん大切なものだった、ということはしばしばある。私もまた、万太郎に貼られた、「下町の抒情俳人」というレッテルをのみ、見ていた時期が長かった。

その認識を変えたのは、次の一句だった。

時計屋の時計春の夜どれがほんと　　万太郎

この「時計屋」が、下町の老舗の時計屋であると考える理由は、どこにもない。たとえば私が、この句を読んでまっさきに思い出したのは、ハリウッド映画『バック・トゥ・ザ・フューチャー』の冒頭、タイムマシンを研究している博士の実験室で、無数の時計が置かれてカチカチと音を立てているところに、主人公が入ってくるシーンであった。

この句を虚心坦懐にみれば、きわめてモダンで、時間という概念の不思議さに切り込んだ、普遍的な詩情の句といえるのではないだろうか。

下町に生まれ、その人情あふれる雰囲気を、衒いなく書き取った俳人。――そんなレッテルを、剝がしたくなった。これが、本書を執筆するにあたっての動機である。

万太郎の弟子であった成瀬櫻桃子によれば、万太郎は、

なにがうそでなにがほんとの寒さかな

という句を、自信句としてよく揮毫していたそうだ（『久保田万太郎の俳句』ふらんす堂、平成七年）。万太郎の小説「市井人」の中でも、俳句好きの主人公の句としてこれが挙げられ、師との出会いのきっかけになる。物語をすすめる、要として登場するのだ。

万太郎が心に抱えていた「なにがうそ」「なにがほんと」というつぶやきは、虚実論として、俳句において昔から論じられてきた。

俳諧といふは別の事なし、上手に嘘をつく事なり。　　各務支考『俳諧十論』享保4年刊

支考は芭蕉の弟子の一人で、芭蕉の教えを大系立てて理論化し、全国に広めた。その過程で作られたキャッチコピー風の言葉で、俳諧の表現における、現実にとらわれない、虚構の要素の重要性を指摘したものだ。

成瀬氏の伝える、万太郎の次のエピソードは、支考の俳句論と、時代や流派を超えて、あざやかな一致を見せる。

昭和二十年、戦火を避けて鎌倉に住んでいた万太郎が、ある句会で、

　　東京に出なくていゝ日鷦鷯

と詠んだ。同じ句座にいた人々が、「先生、みそさざいがいましたか」と聞いたところ、万太郎はたちどころに、「見なけりゃ作っていけませんか」と切り返し、一同はキョトンとしたというのである。

沢に近いところに棲息する「鷦鷯」は、都会から離れた田舎の情景を想像させる。「東京に出なくていゝ日」の解放感を裏付けるために、「鷦鷯」の季語の効果を期待して、そこに置く。実際にいたか、いなかったかは、問題ではないのだ。東京に出る用事のない日に、ミソサザイが姿を見せたら、いっそう寛いだ気分になるにちがいない。実感がある。万太郎は、まさに、「上手に嘘」を

ついたわけだ。

「なにがうそ」「なにがほんと」と考え続けた万太郎にとっては、そこにいないミソサザイを、言葉の上に登場させることなど、ごく当たり前のことだった。だが、そういう意識を持たない人々――いま、そこにある現実がすべてと考える、ごくふつうの人々にとっては、理解しがたいことであったのだ。

むろん、虚実論は、俳句論に限ったことではない。近松門左衛門の「虚実皮膜」論を持ち出すまでもなく、そもそも芸道の真実とは、虚と実の微妙なはざまになり立つものだ。

だが、万太郎は、本業であるはずの戯曲や小説よりも、俳句の中でこそ、「上手に嘘をつく」ことができた。照れ屋であったという万太郎は、戯曲や小説では、思い切って「実」を出すことができなかったのではないか。いや、当人としては「実」を出していたのかもしれないが、現代の私からみると、万太郎の生々しい本音が、戯曲や小説からは聞こえてこない。「実」がなければ、「虚」も生きない。淋しいことだが、現代において、万太郎の戯曲や小説よりも、はるかに俳句の評価が高い理由は、そこにあるのではないか。「東京に出なくていゝ日」という、ほろっとこぼれ出た万太郎の本音を受け止めたのは、俳句という十七音の小さな器であった。

＊

俳句史の上で、虚の句に長けた俳人と言えば、やはり蕪村を措いて他にない。

鳥羽殿へ五六騎いそぐ野分かな　　蕪村
雲の峰に肘する酒呑童子かな
草枯れて狐の飛脚通りけり

乱世の時代へタイムスリップしたり、怪異を登場させたり。蕪村は、自在に虚の世界を構築した。万太郎は、虚を意識した俳人であったが、こうしたわかりやすい空想の句は、存在しない。私小説的な句と同様に、あからさまな虚構の句も、万太郎の期するところではなかった。「どれがほんと」と、悩み、迷いながら、虚と実の融合という難しい境地に挑《いど》んだのが、万太郎だ。実に近づき過ぎれば、現実ありのままの、只事になる。虚に傾《なだ》れれば、絵空事になってしまう。万太郎は、「どれがほんと」「なにがうそでなにがほんと」とつぶやきながら、虚と実の間に、世界の真実を見極めようと、足掻き続けた俳人であった。

足掻こうと、もがこうと、俳句を作る者に与えられているのは、言葉のほか、何もない。しかも、ごく少ない数しか使うことができない。

万太郎が、足掻き続けられたのは、少ない言葉を操る、高度な技巧があったからだ。

万太郎の言葉の力については、従来、あまり切り込まれてこなかった。ごく平明で、力みのない句であることから、心の底から自然に湧いてきた言葉であるかのように見える。万太郎自身も、句が生まれる時には「浮かぶ」「ひょいと、偶然に口にのぼる」という感覚であることを証言している（中山善三郎との対談、「春燈」昭和三十九年五月号）。

だが、「どれがほんと？」という、存在の本質にかかわる問いかけに対するのに、自然、天然だけで挑めるはずもない。虚実の間を攻めるというのが、それほどたやすいことであれば、苦労はない。

万太郎の表現の巧さについて、探ってみたい。本書はまず、そうした問題意識から出発している。第Ⅰ章では、万太郎の俳句を、歴史的な文脈から検証している。「文人俳句」といわれ、いわゆる正統とされる「ホトトギス」の俳句とは距離があるといわれているが、実際、どういう点が違うのであろうか。そして、近代以前の古俳諧とは、どのような関係にあるのか。季語や切字といった、伝統的な俳句の要素に、万太郎はどう向き合っていたのか。万太郎俳句の表現を対象に、その歴史的な位置づけを試みた。

第Ⅱ章では、それらのことを論じていく中で見えて来た、万太郎の表現の独自性について、取り上げている。先人や同時代の俳人には見られない、表現や主題の独自性を指摘することで、従来の万太郎に貼られていた「下町の抒情俳人」のレッテルを剝がすのが目的である。

そして結論では、ふたたび序論の問題意識、すなわち、「どれがほんと」と問いかけ続けた万太郎が得た、〝答え〟について考えてみたい。もちろん、文学に〝答え〟などはあるわけもないのだが、それを承知で、私の〝答え〟を示してみたい。そういう意味で、これはごく私的な万太郎論なのであるが、俳句に関心のある読者、あるいは万太郎に関心のある読者に、それぞれ万太郎がみずからに投げかけた問いの〝答え〟について考えてもらうきっかけになればと願っている。

第Ⅰ章

季語の伝統にどう向き合うか

春水のみちにあふれてゐるところ　万太郎『久保田万太郎句集』昭和11～13年

早春、雪解けの水は、よろこび勇むかのように山野を流れていく。万太郎は、勢い余って川からあふれだした水が、人の通う道にまで及んでいると詠んだ。自然の風物を純粋に諷詠するのではなく、人が作り出して、人が使っている「みち」と関わらせたところが、いかにも万太郎らしい。

「新しみは俳諧の花」（『三冊子』安永五年刊）とはよく知られた芭蕉の言葉であるが、万太郎と同時代の俳壇の主流をなしていた「ホトトギス」の俳句から比べてみると、この句の「新しみ」はごく慎ましいものだ。たとえば高浜虚子の「一つ根に離れ浮く葉や春の水」は、虚子がみずから「じっと眺め入ること」によって実現した客観写生の例としてあげている句であるが（『俳句の作りやう』昭和二十七年刊）、満々たる水の中に微小な浮草を見出した観察眼の細かさに驚かされる。あるいは、虚子の娘であった星野立子の「昃れば春水の心あともどり」（『ホトトギス雑詠選集・春の部』）は、命なき「春水」に「心」を見た感覚のみずみずしさに加え、余寒の頃の一進一退の季節感を、「昃れば〜あともどり」と独自の言い回しで表した新しさがある。「ホトトギス」の俳句の新しさに比べ、万太郎の句は魅力に乏しいように映るのだ。

万太郎の「春水」の句の真価とは、陳腐や常識と、すれすれのところで句を立たせる技量の高さにある。

「春水」を「あふれてゐる」と見るのは、「春水満四沢」（陶淵明「四時」）と漢詩に詠われる春の水の伝統的イメージそのままで、ほとんどの場合、類型的な句になってしまうだろう。この句の手柄は、沢だけではなく「みち」にもあふれているという一点の新しみによって、「春水」が「あふれてゐる」というありきたりの眺めをがらりと塗り変えたところにある。「ゐるところ」という微妙な把握も巧みだ。仮に「春水」が「みち」の全面を浸してしまったのだと詠めば、それはもはや、春の到来への喜びに裏打ちされた「春水」の季語の本来のありようを、逸脱してしまう。一部分だからこそ、それも春景色の一つとして、余裕をもって眺めていられるのだ。「春の水」が少しだけあふれているという内容さながらに、この句においては「春の水」という言葉の範囲を、わずかに広げている。

客観写生を標榜した虚子と、写生俳句とは距離を置いた万太郎。二人の違いは、同じ季語を詠んだときに、明らかに照らし出される。

なぜ、こうした違いが生じるのか。それは、季語の本意への向き合い方の違いによる。季語には、ひとつひとつ、本意がある。本意とは、詩の素材のもっともそれらしい、本質的なあり方のことだ。

伝統的詩歌においては、和歌・連歌の題詠を通して、本意が構築されてきた。季語の本意をいかに引き受けるか――その姿勢において、虚子と万太郎とでは、大きく違うのだ。「じつと眺め入ること」、すなわち客観写生の方法を取る虚子は、陳腐を避けて、季語の新しい面を探ろうとする。(注) 一方の万太郎は、陳腐を恐れない。一般的な季語のイメージの範囲内にとどまり、ともすれば、陳腐・常套に陥る寸前で、ささやかなオリジナリティに賭けている。虚子が、季語の本意を大きく覆しているとすれば、万太郎は、わずかだけずらしている。

本意への向き合い方を検証するのには、本意ができるかぎりはっきりしているものが、わかりやすい。そこでまずは、日本の伝統的な季語の代表格である雪月花のうち、万太郎の桜の句を取り上げてみたい。

桜(花)の本意について、歌論書である『和歌題林抄』には、「春は花ゆゑにしづ心なき由をいひ、待つに心を尽し、散るに身を砕く。命にかへて惜しめども、とまらぬことを恨み」「寝ても覚めても花みる心などを詠む」と説いている。儚いものの美しさの代表として捉えられてきたのだ。だが、虚子の率いる「ホトトギス」で詠まれた桜の句は、こうした儚さ、移ろいやすさという桜の本意に、とらわれない。

ゆさ〳〵と大枝揺るる桜かな　　村上鬼城　『ホトトギス雑詠選集・春の部』

桜を特別の木とみるのではなく、樹木の一つとしてみて、その逞しい枝が、風で大きく揺れているさまを詠んだ。本来は「命にかへて惜し」むべきとされている桜が、風で揺れることで、盛んに散っているのだが、むしろその眺めこそが、桜の命の量感を表すものとして、賞玩されている。散る時の儚い美しさではなく、桜の生命感を詠んでいる点で、桜の従来の詠みぶりとは、一線を画している。

万太郎もまた、揺れる桜の枝を詠んでいる。しかし、その詠み方は、鬼城とは明らかに異なっている。

たをやかにゆるゝ枝ある桜かな　　万太郎『これやこの』

「たをやかに」という肯定的形容を、「命にかへて惜し」むべき花の散るさまに付したところに、本意に対する新しさがある。しかし、その新しみは、鬼城の句に比べれば、ごく控えめなものだ。根底にあるのは、儚いものの美しさであることに、変わりはない。「たをやかに」という、女性の姿態を思わせる言葉からは、桜の美意識の結晶ともいえる「花の色はうつりにけりないたづらにわが身世にふるながめせしまに　小野小町」（『古今和歌集』）の一首が思い合わされる。あたかも、天女が空中で踊っているかのような、幻想的な世界が展開しているのだ。

また、鬼城は「大枝揺るる」と動詞を絞り、おおづかみな言葉づかいをしているのに対して、万太郎は「ゆるゝ枝ある」と動詞を二つ使うことで、より細やかな言葉づかいをしている。そのことも、王朝風の美意識に続く架け橋となっている。

鬼城の句が、季語の本意を大きく覆しているのに対して、万太郎は、本意をなぞりつつ、ほんの少しの新しみを加えている。万太郎の句には、ぱっと目を引く派手さはないが、古典世界へも連想が広がっていく、大きなふくらみと豊かさがある。

本意は、確定されているものではない。本意そのものも、時代の変化によって、変化していく。和歌・連歌の時代と、蕉門の時代とでは、桜の本意に変化が起こっていたことが、蕉門の許六系の伝書『俳諧雅楽抄』（宝永三年成立）には明らかである。ここには桜の本意について「派手風流にうき世めきたる心　花麗全盛と見るべし」とあり、当時は桜の散っていく儚い美しさよりも、むしろ咲き乱れている派手な華やかさこそが、賞美されることになっていたことがわかる。江戸時代、庶民にも花見の文化が広がったことを背景に、季語の本意が変化したのである。

実作においても、たとえば、

木のもとに汁も膾も桜かな　　芭蕉　『ひさご』元禄3年刊

という句に端的に示されているとおり、花見の席で飲み食いし、浮かれ騒ぐ人々もまた、桜の本意に含まれるようになった。

こうした伝統的な本意の変化を、芭蕉は意識的に推進していた。俳文学者の乾裕幸氏は「芭蕉によってとられた方法は、主として既成の季語に新しい生命を吹きこむことであった。も少し具体的に言うと、季語のもつ《本意》を、拡充し、改変し、多義化していったということであった」と述べている（『芭蕉歳時記』富士見書房、平成三年刊）。

芭蕉によって拡充、改変された本意は、「ホトトギス」の近代俳句によって、さらに捉え直されてゆく。


騒人の反吐も暮れ行く桜かな　　前田普羅『ホトトギス雑詠選集・春の部』

「反吐」という尾籠な語をあえて詠みこんだ普羅は、桜の伝統美に対する反逆者である。もちろん、「反吐」を出すことによって、夕景の桜の美しさが相対的に引き立つという効果を狙ってのことであるが、「反吐」という語の使用は、やはり過激である。

万太郎もまた、花茣蓙で痛飲する者を詠んでいるが、それはやはり「ホトトギス」の手法とは大きな差がある。


かまくらによひどれおほき桜かな　　万太郎『冬三日月』

「よひどれ」という桜の優美にそぐわない言葉を使ってはいるが、露悪的な「反吐」という言葉を使った普羅の句に比べ、あくまで和歌・連歌における伝統な本意との調和・協調を期している。酔漢たちの乱痴気騒ぎもまた、桜の華やぎの一つであると思えてくる。舞台が古都鎌倉であることや、平仮名を多用しているところからも、桜の伝統美を大きくはみ出さない配慮が働いているのである。

結果として、「よひどれ」という俗語は使いつつも、むしろ絵屏風の柄にでもふさわしいような、めでたく朗らかな趣の句となっている。

このように、万太郎の句は、近代俳句の主流の写生俳句とは異なり、季語の詠み方については、本意を裏切ることはない。本意をなぞりつつ、少しだけそこからずれていく、はみ出していくのが、万太郎の季語への向き合い方なのであった。

もちろん、万太郎の桜の句にも、大きく本意を覆したものもある。

銭とりて花みるむしろ貸しにけり　『流寓抄以後』
花に選挙花に争議のこれやこの　「春燈」昭和37年
ダンプカー花にきて砂利こぼしけり　「春燈」昭和38年

一句目は、花見の筵の商売を通して、浮世の世知辛さを歎じている。二句目は、花時にもかかわらず、選挙だのストライキだのと、風流とは無縁の事象があることを、苦笑まじりに傍観しているといった体だ。三句目は、桜の園にダンプカーがやってきて砂利を置いて行ったという、風情を台無しにするかのような景色を切り取っている。どれも、桜花の持っている情緒に、あえて俗事をぶつけることで、新しみを狙ったものであるが、これらは万太郎の真骨頂とはいいがたい。

＊

いわゆる正統とされる近代俳句の桜の詠み方と、万太郎の桜の詠み方を比較してきた。さらに、桜以外の季語についても見ていきたい。

万太郎の愛好の季語の一つに「短夜」がある。短夜については、連歌論書の『至宝抄』に、「夏の夜は、みしかき事をむねとして、或はくるればやがて明るなど読申候」とあるように、暮れたと思ったらもう明けてしまった、というほどの明けやすさが、その本意である。そして、「短夜の残りすくなくふけゆけばかねてものうき暁のそら　藤原清正」の『新古今和歌集』の歌が示すように、後朝《きぬぎぬ》の別れを惜しむ纏綿たる情緒を持った季語であった。万太郎の「短夜の口紅しるき別れかな」や「あけやすき灯をかぞへつゝ二人かな」は、後朝の歌の伝統を直截に意識した作で、その分、常識的と言わざるを得ない。だが、次の句は、「短夜」を詠んで、次代にも残る名句といえるだろう。

短夜のあけゆく水の匂かな　　万太郎　『春燈抄』

万太郎が幼い頃から慣れ親しんだ隅田川の「匂」である。必ずしも後朝の場面と読む必要はない。和歌的な情緒は、水面下に沈められている。だが、夏の暁のひえびえとした「水の匂」には、それが感覚的なものであるがゆえに、一刷毛ほどの情趣が滲んでいるのであり、それが男女の別れの切なさへとつながっていく道すじを開いているのである。句の余白が大きいことで、古典世界を抱えこむ余裕が生まれていることも、指摘しておきたい。

一方、「ホトトギス」を代表する「短夜」の名句と言えば、

短夜や乳ぜり泣く児を須可捨焉乎《すてつちまおか》　竹下しづの女　『ホトトギス雑詠選集・夏の部』

があげられるだろう。短い夏の夜がいっそう短くなる、その原因となる夜泣きの子供を、いっそのこと捨ててやろうか、という女性の隠されていた内面を訴えたもので、「短夜」の情緒を一掃するかのような詠みぶりである。

あるいは、「秋の風」もまた、「身にしみてあはれをそふるやうにもよむ也」(『初学和歌式』)とあるように、本意のはっきりした季語である。万太郎の秋風の句をいくつか見てみよう。

あきかぜのふきぬけゆくや人の中　万太郎　『春泥』

秋風をこのように簡潔に捉えた句は珍しい。「銀座」という前書がつけられているが、市街であれば、どこを想定してもよいだろう。「人の中」からは、多くの人間がいる場所が思われ、そうした中にいる孤独が、古典的な「あはれ」に重ねられている。市街の雑踏にいながら、いにしえの歌人が和歌に書きつけてきた秋の風の寂寞の感を嚙みしめているところに、古典と現代を飛び越えるダイナミズムが生まれている。

あきかぜのとかくの音を立てにけり　　万太郎　『冬三日月』

前書に「にくきは人の口なりかし」とある。「秋風」と「音」という組み合わせは、「秋来ぬと目にはさやかに見えねども風の音にぞおどろかれぬる　藤原敏行」（『古今和歌集』）という和歌を想起させる。「とかくの音」には、風雅な風音だけでなく、耳障りな音も含んでいるわけで、そこに万太郎ならではの本意のずらしがある。人の嫌な噂も「とかくの音」に含まれていることは、前書に明らかだ。だが、それらを「とかくの音」とぼかすことで、生々しさは抑えられている。結果、全体を和歌的情趣のやわらかい綿で包み込みながら、ちくりとアイロニーの針を潜ませるという作りになっている。

「ホトトギス」の秋風の名句と言えば、たとえば、

秋風や模様のちがふ皿二つ　　原石鼎　『ホトトギス雑詠選集・秋の部』

がよく知られている。哀れを誘う秋風に対して、不ぞろいの皿を配しているところは、秋風の情趣を汲み取ったものではあるが、やはり、「秋風」と「模様のちがふ皿」の取り合わせには相当の飛躍があり、今なお褪せることのないその斬新さが、この句の何よりの魅力だ。

万太郎にも「味すぐるなまり豆腐や秋の風」や「板すだれはや秋風の詮なけれ」など、伝統的な秋の風に対して「なまり豆腐」や「板すだれ」といった庶民的な素材をあしらった句はあるが、こ

れらはあくまで一句全体として市井の秋の懐かしい風景を書いているのであり、「秋風」と「模様のちがふ皿二つ」のシュールともいえる取り合わせとは、やはり根底から季語への向き合い方が異なっている。

季語の持っている伝統的な本意を意識的に無視するのが客観写生という方法であり、伝統や歴史に対する批評性を具えた、斬新で急進的な俳句が、そこから生まれた。万太郎は、現代に生きる実感を生かしつつ、古典とも紐帯を持つ、豊饒で濃密な俳句を生んだ。まとめると、そういう風にいえるだろう。

＊

季語の本意に、どう向き合うべきなのか。実は、この問題意識は、すでに芭蕉の頃から言われてきたことであった。

本意への向き合い方については、和歌・連歌においては、きわめて固定化されていた。たとえば連歌論書である里村紹巴『至宝抄』には「春も大風吹、大雨ふり候事等御入候。春雨も春風も物しずかなるやうに仕事本意にて御座候」という記述があり、荒々しい春風や、夥しい春雨などが現実であっても、歌にするときには必ず物静かなように詠まなくてはならない、という、現代の感覚からすれば理不尽ともとれる見解が展開されている。季語の本意を逸脱することは許されないのであり、実際、歌合の場において、桜が散らないでいると詠んだ歌を、桜の本意を逸脱した詠み方だとして、一座の人々が大いに嘲笑したという記録も残されている（「承暦二年四月二十八日内裏歌合」主催白河天皇、判者源顕房）。

俳諧においては、そうした固定的な詠み方から脱却するのだが、かといって、どこまで自由な詠み方が許されるかについては、俳諧師たちも手さぐりであった。たとえていえば、季語は巨大な引力を持った星のようなもので、そこから脱出しようとするとき、行き過ぎれば大気圏外に飛び出してしまい、かといって、独創性がなければ墜落してしまう。うまく周回軌道に乗せるためには、的確なさじ加減が求められるのだ。

俳諧師たちの苦心は、『去来抄』に伝えるところの二つのエピソードが物語っている。

鶯の身を逆《さかさま》に初音哉　　其角

『枕草子』に声や姿かたちが「あてにうつくしき」と評されている鶯を、トリッキーな姿態で鳴かせたのが、其角の句の狙いどころだ。同門の弟子たちの間では、この句の評価は大きく分れている。去来は、早春の鶯の姿として現実感がないとして否定的であった。一方、許六は、其角の句を「天《あっ》晴《ぱれ》、近年の秀逸とやいはむ」（『篇突』）と称賛している。季語の伝統的本意を守るべきか、大胆に打ち破るべきかについて、二つの意見に分かれていたことがうかがえるのだ。

あるいは、同じく『去来抄』には、秋の夕暮に聞く鐘の音を淋しくないとした風国の句を、個人

的見解（「一己の私」）にすぎないと非難した去来が、

夕ぐれは鐘をちからや寺の秋　風国

という句に直したというエピソードもある。秋の夕暮に聞く鐘の音が淋しいという前提があり、それを「ちから」とするという言い方にしたことで、本意を失うことはなくなったと、去来は自賛している。本意どおりでもなく、本意を喪失するのでもない、きわめて高度な言葉の生成が、蕉門においては模索されていたのである。

万太郎の句の作り方は、対象のありのままを写生することで伝統的な詠み方を更新しようとする「ホトトギス」の作り方よりも、むしろ本意と実感との間で折衷案を探る去来の作り方に近いといえる。次の句は、その成果といえるだろう。

秋の暮汐にぎやかにあぐるなり　『これやこの』

「柳橋」と前書がある。柳橋は神田川の下流、隅田川に注ぐ河口に掛かる橋。満潮時の夕暮、海の潮が押し寄せるさまを詠んだ。この句の場合、三夕の歌に代表される「秋の暮」の寂寥感を、「にぎやか」という言葉で、覆しているかのように見える。ともすれば、対比が露骨になってしまうところを、「見渡せば花も紅葉もなかりけり浦の苫屋の秋の夕暮　藤原定家」（『新古今和歌集』）の歌にあるような水辺の秋の暮という情景で包みこみ、秋の暮の本意を逸脱するのを巧みに抑え込んでいる。本意と、そこから逸脱しようとする実感とを、自然な形で融和させている、すぐれた万太郎のバランス感覚を思わせる。結果として、秋の暮の寂寥感に、河口へ遡る潮の力強さが加わり、より複雑な味わいの句になっている。雄大な潮の流れをまのあたりにした高ぶりでもって、秋の暮を寂しくないとしているわけでもない。あるいは、三夕の歌をなぞった寂しさだけでもない。寂寥感と高揚感とがないまぜになった複雑な感情が読みこまれているのであり、そこに河口の夕景に向き合った者の正直な内面が反映されている。

万太郎の句は、俳句史において「文人俳句」に分類されるが、その呼称は文化人が俳句を作っているという以上の意味を持たない。季語への向き合い方をみれば、蕉門の伝統に連なるのは万太郎であるといえるのだ。万太郎の名を「文人俳句」の括りから外すことで、俳句史は、より豊かな眺めを得るのではないだろうか。

万太郎の季語への向き合い方に、不満を覚える読者もいるだろう。俳句史上にあらわれる革新者とは、すなわち、季語を新しい言葉として蘇生させた者の別名であるからだ。

だが、それはあくまで「俳句史上」のことである。

万太郎を語る上で忘れてはならないのは、その作品の「受け手」として想定されているのが、いわゆる専門俳人に比べて、格段に広いということだ。万太郎は「春燈」という結社を率いる俳人でもあったが、あくまで「俳句は余技」と位置づけ、作家、脚本家、演出家として、俳壇の外の人々を相手に仕事をしていた。そして、その多くの「受け手」にとっては、桜とは儚い美しさの代表であり、「短夜」とは別れを惜しむものであり、「秋風」とは何となく寂しい気分を誘うものであるのだ。和歌・連歌の歴史に培われた季語の本意は、日本人の精神のふるさとでもあり、俳諧師たちがその拡充、多様化につとめようとする歴史とは別に、私たちの物の見方を、強力に規定している。万太郎が向き合ったのは、俳人ではなく、そうしたごく一般の人々であった。

俳句は一般読者のほとんどいない文芸といわれる中で、万太郎の俳句が、俳人に限らず広く受け入れられていることの意味を、考えてみる必要がある。本意を裏切り、更新していく繰り返しの果てに、俳人はいったい、どれだけの読者を得ることができるだろう。本意をなぞりつつ、一抹の新しさを加えるという万太郎の方法は、前近代的でありながら、同時に、常に新奇さを求められる現代の文学・芸術状況においても、有効な意味を持っているのではないか。

（注）正岡子規と高浜虚子のいわゆる「夕顔論争」において、写生を急進的に進める子規が眼前の夕顔の実態のみを写し取るべきだとしたことに対して、虚子はむしろ夕顔からの『源氏物語』の連想を無視できないとしている。虚子自身は、けっして伝統的本意を切り捨てようとしていたわけではない。正確に言えば、虚子の提唱した「客観写生」という考え方が、伝統的本意からの逸脱を促す要素を胚胎していたということだ。

万太郎の中の「月並み」

万太郎は、いわゆる「旧派」の俳人と浅くない縁がある。学生時代に三田俳句会で出会った籾山梓月は其角堂の門流であり、彼によって「古句に親しむ美しい心もちをはぐゝまれた」(『道芝』跋文)とふりかえっている。また、蕉門の服部嵐雪を祖とする雪中庵の第十二世を継いだ増田龍雨と親交があり、小説「市井人」に出てくる浅草の俳諧師・蓬里のモデルともしている。子規派の流行する時代に旧派の宗匠を継ぐことをためらっていた龍雨に、雪中庵を継ぐように薦めたのも、万太郎であった。

「ホトトギス」派の俳人とも交流を持ちつつも、「花鳥諷詠」「客観写生」を二本柱とする俳句観にはなじまず、激しい批判の言葉を口にすることもたびたびだったという。その胸中には、月並み俳句と排撃された旧派の作品への親しみと理解があったのだと推測される。

月並みは、俳句革新を進める子規が、幕末の天保以降の俳諧を旧派とみなし、その作を批判する際に用いた語で、子規の畏友であった漱石が『吾輩は猫である』の中で平凡、陳腐の意味で多用したことから、一般にも定着した。『俳諧大辞典』(明治書院、昭和三十二年刊)は、『俳句問答』に述べられた子規の考えを、次の五つに要約している。
一、感情に訴えずに知識に訴えようとするもの
二、陳腐を好み新奇を嫌うもの
三、言語の懈弛《たるみ》を好み、緊密を嫌う傾向のあるもの
四、馴れた狭い範囲の用語になずむもの
五、系統や流派に光栄ありと自信するもの
子規派の俳人たちは子規の没後も月並み研究を続け、彼らの分類は、さらに詳細になっていく。「駄洒落」「穿ち」「謎」「理知的」「教訓的」「厭味」「小悧巧」「風流ぶる」「小主観」「擬人法等」が、月並みの特色としてあげられている。

とはいえ、これらにあてはまるものが、すべて月並み俳句となるわけではない。たとえば「擬人法」は古典的な修辞法であり、擬人法を一切使わない俳人は存在しない。問題は、擬人法の使い方にある。

子規は、

朝顔や釣瓶とられてもらひ水　　千代女

について「人口に膾炙する句なれども俗気多くして俳句とはいふべからず」（『俳諧大要』）と、厳しく批判した。子規にとっては、草花をいとしむ心を持っていることをことさらに強調しているよう

に映ったのだ。また、朝顔が釣瓶に巻きついたことを、釣瓶を奪ったと擬人法を用いて言い換えたところも、眼前ありのままの写生を唱える子規にとっては、不満だった。子規が嫌ったのは、擬人法が前面に出てしまうことでの作為なのだ。

ここで、改造社版の『現代日本文学全集38　現代短歌集　現代俳句集』(昭和四年刊)から、旧派の俳人たちの擬人法の句を引用してみよう。

青空の麁相も嬉しはつ時雨　　老鼠堂機一
垣間見の鼻をこそぐる木槿哉　　雪中庵雀志
武さしのは皆鶯の栖かな　　春秋庵幹雄

いずれの作者も、当時は名だたる俳諧宗匠であり、子規の批判の対象となった。老鼠堂(其角堂)機一の作は、変わりやすい冬空の天気を、青空が粗相をしたと発想した。卑俗な擬人化によって、風雅な初時雨を引き下ろしたところが狙い。雪中庵雀志の作は、女性の家を覗き見ていたら、顔を入れていた垣根の木槿に鼻をくすぐられた、という句意。目当ての女性の色香に翻弄されているさまを、「こそぐる」で匂わせた可笑しさが読みどころだ。春秋庵幹雄の作は、あたり一帯から鶯の鳴き声がするのを、武蔵野全体が鶯の住処になってしまったようだと、大袈裟な擬人化により、読者の意表を突く。

千代女、そして旧派の俳人の句に共通しているのは、「朝顔が釣瓶を奪う」「初時雨が粗相のように青空から降ってくる」「木槿が垣間見の鼻をくすぐる」「鶯が武蔵野を住処にしている」といったように、季語を擬人化しているという点だ。

ここで、万太郎の句の擬人法を見てみよう。いわゆる「月並み俳句」の擬人法と異なるのは、万太郎の擬人化は、必ずしも季語が主体ではないという点だ。

春浅し空また月をそだてそめ　『春燈抄』昭和21年
山茶花によるべみつけし日ざしかな　「春燈」昭和28年
そらまめのおはぐろつけし祭かな　「春燈」昭和29年
行く年やしきりに岸へいどむ波　「春燈」昭和34年

これらの句では、季語以外の物を擬人化して、季語と配合している。たとえば一句目では、月が新月から夜ごとにしだいに太くなっていき、光の量を増やすのを、「空が月を育てた」と空を主体に擬人化したのが読みどころだ。しかし、これをたとえば、「また月を育てそむるや春の空」などとして、季語を「春の空」としてしまうと、句の作りが単純、平板になり、擬人法が目立ちすぎて、月並みの印象が強くなる。

では、ここで「春浅し」と付けることで、どういう効果があるのか。それは、読者に「春浅し」

という季語と、「空また月をそだてそめ」というフレーズとのかかわりを考えさせることで、句の構造が複雑、曖昧になり、擬人法を使っている印象が薄れるということだ。

この句の場合、「春浅し」とあることで、春の始まりと、月齢の始まりということが重ねられ、その分、一句の構造が複雑になっている。また、「夏浅し」など他の季語ではなく、「春浅し」でなければならない、微妙なニュアンスもこめられてくる。まだ寒さの残るころの春の夜空に浮かぶ月だからこそ、細い月の光が初々しく覚えられるのだ。

旧派の俳人の句はわかりやすく、面白さが直截に伝わってくる。そしてまさにこの点が、彼等を明治初期において千人を超える弟子を持つ宗匠たらしめた理由でもあった。

万太郎の俳句も、明快で、わかりやすい。しかし、それは万太郎が一句の構造の複雑さ、曖昧さを感じさせないようにしているからであり、実はその裏に、単純さに陥らない綿密な計算があることを、忘れてはならないだろう。

万太郎の擬人法の句として、季語を擬人化の主体にしないタイプの句を見てきたが、旧派の俳人の擬人法と同様に、季語を擬人化するタイプの句もある。

シクラメン花のうれひを葉にわかち　　『これやこの』

シクラメンの花はあまりに赤すぎて、どこか気疎さのつきまとう花である。その花のさまを「うれひ」を帯びていると擬人化して捉えた。もしそれだけであれば、シクラメンを女性になぞらえるという常套的な発想に終わってしまうところ、「葉にわかち」で、一歩踏み込んだ把握にして、通俗を免れている。花のみならず、その葉にまで愁いが伝播しているとした着想は清新で、この下五で支えられている一句といえる。

夜光虫闇をおそれてひかりけり　「新装」昭和11年
走馬灯いのちを賭けてまはりけり　『冬三日月』

一句目は群となって不気味に光る夜光虫が、実は「闇をおそれて」いると見た逆転の発想にひきこまれる。二句目は、あくまで影絵を楽しむための夏の夜の娯楽である走馬灯が、走馬灯の側からすれば「いのちを賭けて」回転しているのだと見たのは意表を突く。ともに「闇をおそれて」「いのちを賭けて」の擬人化が肝になっているが、それでじゅうぶん一句が成立しているとして、下五はあえて「ひかりけり」「まはりけり」と当然のことを言うのみでしめくくり、蛇足を避けたのは、至芸というべきだろう。

これらの例では、少しでも言葉を変えてしまえば、一気に技巧臭さが鼻につく、嫌味な句になってしまったであろう。そこを万太郎の表現力でかろうじて抑え込んでいる、あやうい均衡の上に成り立った句といえる。

これまでは「擬人法」を対象にして、旧派の俳句の擬人法と、万太郎俳句の擬人法とを比較してきた。確かに万太郎俳句の擬人法は、旧派の俳人にとどまらないものがあるが、それでもなお、万太郎の句が月並みから完全に切り離されているといえないのは、なぜだろうか。

まゆ玉やつもる浮世の塵かろく　「春燈」昭和36年
わかくさのいろも添へたり切山椒　「春燈」昭和36年
しらつゆや手かゞみのみの知るなげき　「春燈」昭和36年

たとえばこれらは最晩年の句であるが、「理知」「小主観」の働きが感じられ、旧派の俳諧の匂いから、抜け切れていないのだ。否、むしろ、晩年に近づくにつれ、月並みの印象は濃くなってきたともいえる。

かたや、月並みをかたくなに否定し続けた「ホトトギス」の激しさは、高浜虚子の次の言葉に示されているだろう。

月並の句になると足袋屋の隠居さんとか、床屋の亭主とかいうものが、極めて卑近な考えで人生なり景色なりをみて、その極めて卑近な人生観を土台にして、その人生観を句の上に暴露して句を作る。かくの如きは決して背景ある句というべからざるのみならず、最下等の句といってよいことになる。　『俳句の作りやう』

近代俳句の祖である正岡子規、その後継者である高浜虚子の目標が何であったかと言えば、それは月並み俳句からの逃走であったと言い換えられる。

万太郎は、虚子の言葉でいうところの、「足袋屋の隠居さんとか、床屋の亭主とかいうもの」に、むしろ近づき、その「卑近な人生観」に根差そうとした。万太郎自身の言葉を用いるならば、「市井人」であることに徹しようとしたのだ。

たとえば、「まゆ玉やつもる浮世の塵かろく」は、いかにも平俗だ。年末年始の日々のうちに、飾ってあった繭玉に、うすく埃が積もった。「つもる塵」ならば写生であるが「つもる浮世の塵」といった途端に、浮世の辛さ、憂さを歎じるといった、常識的な感慨が、一句に流れ込んでくる。だが、万太郎はこうした通俗、平俗を、自身の句から捨てようとはしなかった。むしろ、すすんで愛着をもっていたようにすらみえる。

万太郎は、庶民が口にするごくありふれた慣用語を、衒いなく句に詠み込んでいる。

年々歳々人同じからず初芝居　「春燈」昭和33年
残りものに福あるみかん一つかな　「春燈」昭和34年
こしかたのゆめまぼろしの花野かな　「春燈」昭和37年

「年年歳歳人同じからず」「残りものに福ある」「こしかたのゆめまぼろし」――いずれも、万太郎のオリジナルの言葉ではない。多くの人が折に触れ口にしてきた、手垢にまみれた言葉で、ふつう、こうした言葉を一句に入れようとはしない。あまつさえ、短い俳句では、これらの言葉を引用しただけで、十七音のほとんどをとられて、自分の言葉を入れる余地がなくなってしまうからだ。これらが作品として成り立っているのは、ひとえに、季語の斡旋の巧みさによる。

「年年歳歳人同じからず」の言葉をかみしめる場として、「初芝居」という場を設定することで、深刻さをやわらげ、芝居好きの作者を彷彿とさせて、微笑を誘う。

「残りものに福ある」などといっても、しょせんはみかん一個であるという馬鹿馬鹿しさ。

「春野」でもなく「夏野」でもなく、冬には枯れてしまうであろう秋の草花の生い茂る「花野」には、「ゆめまぼろし」といっても華やかな思い出や、盛んな思い出だけではなく、ほろ苦い思い出もまじっていることを暗示する。

いずれも、誰も知っている言葉を俳句に仕立て直して、人生の折節に口ずさみたくなるような愛誦性に富む。

万太郎一代の名句とされる次の句も、月並みの要素と、完全に無縁でない。

湯豆腐やいのちのはてのうすあかり　「春燈」昭和38年

この句について、「三田文学」二〇一六年春季号の髙柳との対談で、小澤實氏が、「僕自身も読むたびに、思いかえすたびに、揺れていて、何かとても通俗的に感じることもあるんです」「『いのちのはてのうすあかり』という表現が露骨過ぎるとけなしたい自分がいる一方で、よくそこまで言ったと、その図太さに感服する部分もある」と述べていることは、示唆的である。確かに、この句を支えている感情は、老いた者のしみじみとした感慨であり、晩年の感慨として、特別なことを言っているわけではない。同じく老境の思いを吐露したものとしては、

風生と死の話して涼しさよ　　高浜虚子　『七百五十句』昭和39年刊
誰彼もあらず一天自尊の秋　　飯田蛇笏　『椿花集』昭和41年刊

などの方が、死への向き合い方として、異様なものがある。虚子の句は、まるで来るべき死を楽しみにしているようだ。「風生」とは虚子の弟子であった富安風生のことであるが、その名前の軽やかさが、死への恐怖を文字通りに吹き飛ばしてしまう。あるいは、ひたすらに自分のみを大事にして生きようという蛇笏の句には、こちらを圧倒するような語気で、自分だけは生き延びてやろうというふてぶてしさが感じられる。どちらも、死や老いというものについての扱い方において、飛躍、意外性に富み、常識の埒外に踏みこんでいる。

万太郎の句は、日常的な「湯豆腐」が、命を扱った内容に対して意外性があるのは確かだが、虚子や蛇笏の句に見られる異様さはない。「いのちのはての」という言葉も、それだけ取り出してみ

れば、陳腐な言葉ともいえるだろう。

　では、なぜこの句が名句たりうるのか。それは、さきほどの〝わかりやすさの罠〟ともかかわってくる。この句は、名句とされながらも、実は解釈が一様ではなく、揺れている。

　言葉のひとつひとつは平明であり、何の解説も要しない。構造的にも、季語である「湯豆腐」と、「いのちのはてのうすあかり」との、二つの部位で出来ていることは、明らかである。肝要なのは、「湯豆腐」と「いのちのはてのうすあかり」とが、どう関係しあっているかという点である。

　二つが密接にかかわっていると見れば――つまり、「湯豆腐」はすなわち「いのちのはてのうすあかり」なのだと解せば――真っ白な湯豆腐がほのかに放つ光を、自分の人生の最後の輝きと見ている、という解釈になる。

　あるいは、「湯豆腐」と「いのちのはてのうすあかり」との二つは、それぞれ別物として取るべきであるという解釈もある。その場合には、自分の胸中に湧いてきた実体のない「いのちのはてのうすあかり」ということになる。この理解に基づくなら、湯豆腐からたちのぼる湯気を、「うすあかり」と捉えたとも取れるだろう。

　おそらくは、この句の原型となったであろう、

　　生豆腐いのちの冬をおもへとや　　　　『冬三日月』

と比べると、「湯豆腐や」の句のわかりづらさは明らかだろう。昭和二十四年に作られ、「草庵余

情」の前書が付けられたこの句は、「生豆腐」は眼前にあり、そこから「いのちの冬をおもへ」という啓示を得た、という構図がはっきりしている。「生豆腐」は外部であり、「いのちの冬をおもへ」とは、内面世界のことをさしているのである。しかし、「湯豆腐や」の句は、外部と内部が、渾然一体としているのだ。

解釈がブレる作品は、読者を混乱させてしまうことから、一般的にはマイナスの評価を下される。だが、この句の場合には、わかりにくさや回りくどさを感じさせないほどの、適度なブレであることで、読者のストレスを大きくせずにすんでいる。むしろ、「湯豆腐」と「うすあかり」の関連が不明瞭であり、言葉の一つ一つの意味が微妙に揺れていることで、「命終を前にした悟り」などとわかりやすく安直な解釈が導き出されることを防いでいる。月並み俳句とすれすれの緊張感がみなぎっているからこその、名句なのだ。(注)

なぜ、万太郎はこのような危うい句作りを続けたのか。

その問いに答えを出すには、万太郎の俳句が、誰に向けて書かれていたのかということを考えねばならないだろう。文学の言葉が、「誰に書くか」という想定読者に影響されるのは、ごく自然なことだ。俳句は、俳句を作る者以外に、読者を持たないといわれる。俳人は原則として、俳人同士で、句を共有するのだ。しかし、万太郎は、句会に限らず、広く文人、俳優と交友し、彼らに句を送った。そこは、常識や通俗の支配する場だ。専業俳人が価値を置く新規な発想や斬新な表現が、通じるとは限らない。それどころか、文学性や、芸術性すらも、求められていると期待はできないのだ。万太郎は、通俗と文学性とのせめぎあいの中で、句を作る必要があった。その厳しさの中で、緊張感のみなぎるいくつもの秀句を生んだのだ。小説「市井人」の中で、浅草の俳諧師・蓬里の言葉として語られる「しろうとを、まづ、感心させられる句を詠むことが作者としての義務です、くろうとを感心させることはたやすい。」という俳句観は万太郎自身のものでもあったはずだ。

子規や虚子が、常識的、通俗的な発想や表現を「月並み」と退けたのには、俳句史的な意義はもちろんあっただろう。だが、常識や通俗とは、普遍の真理の別名でもある。いつの時代も変わらない人の心や、自然の在り方……万太郎が、手垢に塗れた発想のボタ山をいつまでも去らなかったのは、石くれの中にこそ玉があるということを知っていたからだろう。万太郎という俳人を先人に持ってなお、常識や通俗を「月並み」と切り捨てることは、果たして俳句に対して誠実な態度といえるだろうか。

「月並み」の持つ危うく、そして大きな力を抱え込んでいるからこそ、万太郎俳句は時を超えて今なお読み直される価値があるのだ。

（注）「文藝春秋増刊　くりま」二〇一〇年五月号で行われたアンケートでは、俳人と俳句を愛好している著名人百十三人を対象に、「好きな俳句」の回答を集計している。それによれば、一位は「此の秋は何で年よる雲に鳥　芭蕉」を筆頭に、トップテンはほぼ芭蕉が占める中、十位に、「湯豆腐やいのちのはてのうすあかり」がランクインしている。専門俳人である石田波郷らの句よりも高い位置づけがされていることから、この句がいかに人口に膾炙しているかがうかがわれる。

非—イメージ

「発句は屏風の絵と思ふべし」（『二十五条』享保二十一年刊）と、蕉門の各務支考の言葉にあるように、読者の心の中に一幅の絵として情景を浮かび上がらせることは、俳句の大きな価値とされてきた。

近代俳句の祖である正岡子規は、言語遊戯に陥っていた幕末の俳諧の旧弊な価値観を「月並み」と否定し、西洋絵画から輸入した「写生」を唱え、絵画性、映像性の重視を強調したのだった。

赤い椿白い椿と落ちにけり　　河東碧梧桐

俳句における絵画性、映像性とは何かという問いには、子規が「印象鮮明」と評して称揚したこの一句が、何よりも能弁に解答してくれるだろう。地の上に、隣り合わせた二本の椿の花が散り敷く、その色彩を描き出したこの句は、具象、物象を前景化し、抽象、観念を後景化している。赤と白の椿が織りなす風景は、その背景に無限の静寂を感じさせる。子規は、使える語数のあまりに少ない俳句を、新時代の文学として成り立たせるために、十七音そのものが伝える意味にではなく、言外に喚起する雰囲気や情感にこそ賭けたのだ。

子規の写生は、のちに虚子の「花鳥諷詠・客観写生」の二大スローガンに受け継がれ、現代に至るまで「写生」は、俳人たちのよりどころの一つになっている。

一方、「写生」を基調とした近現代の俳句史において、万太郎の次のような句は、どう位置付けられるだろう。

短日やうすく日あたる一トところ　『久保田万太郎句集』昭11～13年
手毬唄哀しかなしきゆゑに世に　『冬三日月』
冴ゆる夜のこゝろの底にふるゝもの　『草の丈』
だれかどこかで何かさゝやけり春隣　『春燈』昭36年

「短日や」の句は、「写生」を意識するのであれば、「一トところ」がどこを指し示すのか、はっきりとさせるべきだろう。たとえば「うすく日あたる芝の上」であれば、公園かどこかだろうと思われるし、「うすく日あたる砂の上」であれば、海辺であることがわかる。

「手毬唄」の句は、手毬唄を歌いながら手毬をつく具体的な場面ではなく、手毬唄とはこういうものである、という説明をしていて、まさに観念そのものである。

「冴ゆる夜」の句は、忸怩たる思いのまとわりつくある記憶が、心のもっとも深く、敏感なところに届いたというのだが、その記憶がどんなものであるかは、いっさい語られていない。「春隣」の句は、「だれかどこかで」は曖昧であるし、「ささやき」もはっきりしない上に、その声の主も「何か」とぼかしていて、全体として曖昧模糊としている。「印象鮮明」という写生の価値観からすれば、これらの句は「印象不鮮明」の一語で、切り捨てられてしまうだろう。

だが、これらの万太郎句は、具体的な映像を結ばないがゆえに、映像とは異なるものを表現し得ているのだ。

あらためて、一句一句を掘りさげていこう。「短日やうすく日あたる一トところ」の句は、昼を過ぎたと思えばたちまちに暮れてしまう冬の日の儚い印象を、「うすく」と「一トところ」によって強めている。仮に、「一トところ」を芝の上だとか道だとか砂だとか限定してしまえば、むしろ場所の方に一句の主眼は移るだろう。「うすく」、かつ「一トところ」にしか陽の当たっていない冬の陽だまりは、たちまちのうちに消えてしまうにちがいない。この句は、儚さという気分や、冬の日暮れの感傷的雰囲気の方に主眼があるのだ。

「手毬唄哀しかなしきゆゑに世に」の句は、たとえば「あんたがたどこさ」や「一番はじめは一之宮」などのよく知られた手毬唄を思ったとき、なるほど、無邪気な子供の歌にもかかわらず、獣が撃ち殺されたり、病の子が登場したり、戦地へ我が子が送られたりと、悲しい場面ばかりが執拗に歌われていることに、はたと気づかされる。

高浜虚子に、

手毬唄かなしきことをうつくしく　　虚子　『五百五十句』昭和18年刊

という、万太郎の句と類似した発想の句がある。虚子の句の方がシンプルで口にのせやすいが、思索の深さで言えば、万太郎の句の方が勝っていると言えよう。虚子は、手毬唄の歌詞は悲しくも美しいと、あくまで美意識の範囲で捉えているが、万太郎は、悲しさゆえに世に残って来たのだ、と観念的に捉えている。どの時代にもかかわらず、手毬唄をうたってきた市井の人々の家には、耐えがたいような不幸があるものだ。哀しさを、身辺から退けるのではなく、むしろ歌の歌詞にして引き寄せることで、克服していく。ここで「世に」というまとめ方を重くみたい。万太郎は「哀し」という主観を、世の中一般の事に敷延している。個人的感慨を超えた、人情というものの普遍的な真理をこそ、万太郎は詠もうとしているのだ。

「冴ゆる夜のこゝろの底にふるゝもの」は、あえて作者にとっての「ふるゝもの」を伏せることで、過去の記憶に苛まれる寒夜の苦しみそのものを、読者に突きつけている。「こゝろの底にふるゝもの」の部分を空白にしておくことで、読者はそれぞれの忘れたくても忘れられない厭な記憶を、この部分に当てはめ、万太郎の痛みや苦しみと同調することができるのである。

「だれかどこかで何かさゝやけり春隣」の句は、何もかもが曖昧で、だがそれがために、春が近づいてくるという端境の季節の微妙な空気感を言い当てている。そして、この句が単に季節感の表現だけではなく、聖性すら感じさせるというのも、その曖昧さが功を奏しているといえる。この句のもつ聖性については、西脇順三郎の『Ambarvalia』（昭和八年刊）に載る著名な次の三行詩と通い合う。

天気

（覆された宝石）のやうな朝
何人か戸口にて誰かとさゝやく
それは神の生誕の日。

この句は、はじめの五音が七音になり、続く七音も八音になっているという、大胆な字余りをとっている。その音楽性にも注目したい。五七五の規矩を超え、ひとふしの曲のような調子を取ることで、映像によっては表し得ない、聖歌にも似た神秘性を獲得している。

こうしてみていくと、万太郎の句は、イメージをあえて読者の脳裏に結ばせないことで、言葉の持っている意味や情感、音楽性に、読者の関心を向かわせようとしているのがわかる。

俳句は、いくら絵や映像に近づこうとしても、所詮はそれらの与える確固としたインパクトには及ばない。俳句はあくまで言葉のかたまりであるという信念を、万太郎は貫いている。そして、世界には映像化できないような空気感や雰囲気があることを知らしめ、細部に拘泥していては表現し得ない真理や摂理といった観念もまた俳句で詠《うた》えるのだということを、示しているのである。「水」「雲」「雨」「風」「日」など、万太郎俳句に不定形の題材が多いことも、非―イメージの文学であるという印象を強めている。

「風」と「日」の絡み合いを詠んだ次の句は、万太郎にしか詠めないものだろう。

ゆく年や風にあらがふ日のひかり　「春燈」昭和37年

木や電柱が「風にあらがふ」というのなら常識だが、ここでは形を持たない「日のひかり」が風に拮抗している、と表現したのが非凡である。具体的な像を頭に結ぼうとすると、たちまちに霧散してしまうが、それこそが万太郎の狙いではなかったか。残ろうとしながらも、やはり衰えのあきらかな、晩冬のかすかな光をこの句から感得できれば、それでじゅうぶんなのだろう。そのつかみどころのなさが、我々の生きている世界の実感でもある。「ゆく年」という、年が移りかわる頃の句であることが暗示的だ。天上に輝き、絶対的と思える「日」も、季節の巡りによって強くなったり弱くなったりを繰り返し、さらに長い年月を超えていく。時の流れを前にして、絶対的なものなどはこの世にないのだという、具象によっては迫れない真実を、この句は描き切っているといえる。

年月に寄って流れゆくもの、かたちなきものを描いたものとして、次の一句は特筆するべきだ。

竹馬やいろはにほへとちり〴〵に　「文藝春秋」大正15年

万太郎の代表句の一つである。「竹馬や」と、具象からはじまりながら、「いろはにほへと」は、一つの像を結ばない——むしろ、結ぶことを拒むような展開である。映像性を捨象することで、「竹馬」から「竹馬の友」の成語を連想しやすくしている。「ちりぢり」になっているのは、「いろは」をともに習った学友たちとも思わせるし、竹馬に乗って遊ぶ眼前の子供たちをナンバリングしたものとも受け取れる。情景を浮かべようとする読者は軽い混乱を覚え、最後の末尾の「ちりぐ〳〵に」で、それは解決するどころか、うやむやのままにイメージは消え去っていく。だが、それでも最後に、どこか子供時代を懐かしむ感情だけは、確かに残るはずだ。ここには映像の喜びがないかわりに、失われた記憶の哀切さという、もっと微妙な感情が詠み込まれている。

万太郎はむしろ、形の在るものよりも、無いものに寄せる思いが強かったようだ。その根底には、定かなるものなど何もないという思想があり、古典的な無常観ともつながっていく。写生とはまったく異なる書き方であるからこそ、こうした世界の側面を捉えることができたのである。

＊

冒頭にあげた碧梧桐の「赤い椿白い椿と落ちにけり」が「印象鮮明」であることは、色彩が明確に示されていることによる。

では、万太郎は色彩語をどのように使っていただろう。

粉ぐすりのうぐひすいろの二月かな　『流寓抄以後』

一見、「印象鮮明」と評するのには、ためらいが生じる。そのためらいは、どこに由来するものなのか。

この句では、「うぐひすいろ」といっても、ただ色彩をあらわしているのではない。(注)季語の「二月」との関連で、この「うぐひす」は、春告鳥とも呼ばれる鳥類の鶯を想起させる。「粉ぐすり」であるから、一句の主体は病の身であることが偲ばれるのだが、それでもなお薬の「うぐひす色」に春の訪れを期し、希望をかぎ取っていると言うのが、いかにも切ない。つまりこの句においては色彩語はただイメージを喚起するというよりは、そこに春の到来や、希望や救いといった、抽象的意味合いを呼び込むことにも貢献しているのである。こうした色彩語の使い方は、写生とはやはり異なっているといえる。

万太郎の句では、色彩語よりも、明度――つまり、明るさ、暗さをあらわす言葉が好まれる傾向にある。

新参の身にあか〳〵と灯りけり　『道芝』
冬の灯のいきなりつきしあかるさよ　『久保田万太郎句集』
仰山に猫ゐやはるわ春灯　「春燈」昭和27年

提灯のあかるすぎるや秋まつり　「春燈」昭和33年
灯のともるまでのくらさや秋の暮　「春燈」昭和37年

色彩に比べて、光は、とらえどころがなく、ちょっとした変化や、見ている者の心情に左右されやすい。しかし、万太郎は、この明暗という微妙なものに、強烈に魅かれているようだ。一句目、二句目、四句目の、目をつむりたくなるばかりに強い光、三句目の、京の路地をあたたかく照らし出す明り、五句目の、深夜と紛うような秋の日暮の暗さ、どれも、明暗に関心が払われている。光に照らされているもの、あるいは闇に隠れているものを描くのではなく、あたりの明暗そのものを書くことで、やはり言語化しにくいその場の雰囲気や空気感を伝えることに成功している。

万太郎が、安住敦の求めに応じて、自身でつけた結社の名前が「春燈」であったことも思い合わされる。

春の灯のむしろくらきをよろこべる　『春燈抄』

物を照らし、あきらかに認識するための「灯」の暗さを、なぜ喜ぶのか。それは、むしろ輪郭のはっきりしない、ぼやけた眺めこそが、万太郎にとっては、世界の本当の姿に見えていたからだ。先程あげた「新参」「冬の灯」「秋まつり」の句のように、明るすぎる灯が嫌われるのは、はっきりと形が見える方が嘘くさく感じられるからだろう。

明度を詠んだ句で、もっとも有名なのは、

湯豆腐やいのちのはてのうすあかり　『流寓抄以後』

であろう。これも、湯豆腐や、食卓を囲む場面を、映像のようにはっきり表そうとするものではない。むしろ、すべての具象を包みこんで輪郭を曖昧にする「うすあかり」によって、抽象的な「いのちのはて」という境地を捉えようとした句といえる。

私たちは、空気感や概念、真理や摂理といったものを見たり、触ったりすることはできないが、万太郎の言葉を前にしたとき、まるでそれが十七音の姿でそこに刻印されているかのように錯覚するのである。

（注）うぐいす色は、本来のウグイスの色に基づいた灰色がかった緑色を指す場合と、ウグイスと混同されているメジロの色に基づいた黄緑色がある。ここでは「病、やゝ快し」の前書が付されていることからも、明るい印象のある後者と見たい。

万太郎の取り合わせ

俳句に季語を入れる理由の一つに、季語は豊かな連想力を持つ、ということがあげられる。たとえば「天の川」といえば、夜空に掛かる星々の美しさにとどまらず、そこが明りの少ない高地や僻地であることも、情報として加えられる。さらには、「七夕伝説」とのかかわりで、艶めいた雰囲気も漂わせる。音数の短い文芸に、多くの情報や情趣を加えてくれるのが、季語なのだ。だが、豊かな連想力を持つがゆえに、その範囲内に縛られてしまうということが、しばしば起こる。

そうしたときに有効なのが、取り合わせといわれる方法である。

すでに芭蕉の頃から、取り合わせの有効性は言われていた。蕉門の許六は、取り合わせにとくに意識的だった俳人だが、「発句は題の曲輪を飛出て作すべし」(『去来抄』)と独特の比喩によって、季語の連想の範囲外から言葉や題材を見つけてくるという取り合わせの手法を称揚した。こうした作り方は芭蕉も又、認めていたことを許六は書き残している。

近代にもそれは受け継がれ、許六の俳論に基づいて、子規は「配合」による句作りの有効性を熱心に説き、自分でも試みている。

柿食へば鐘が鳴るなり法隆寺　子規

世に名高いこの句も、子規によれば、庶民的な「柿」と古都・奈良との配合の新しさに根ざしたものだった（「くだもの」）。子規といえば写生の提唱が知られているが、写生と並んで配合という方法も、新時代の俳句を切り拓く一助となりうると考えていた。

現代俳句においても、取り合わせは、ごく一般的に用いられている手法だ。藤田湘子は詩人西脇順三郎の「離れた関係にある言葉同士の結合が詩を生む」という詩論に触発され、取り合わせをより先鋭化した「二物衝撃」を、自分の結社のスローガンとして掲げた。季語ともう一つの題材の間には、互いに衝撃してスパークを生じさせるほどに、できるかぎり距離や飛躍があったほうがよい。これにより、湘子の率いる結社「鷹」では、次のような二物衝撃の作が生まれた。

日本に目借り時ありセナ爆死　光部美千代　『色無限』平成14年刊
万有引力あり馬鈴薯にくぼみあり　奥坂まや　『縄文』平成17年刊

美千代の句では、蛙の「目借り時」といういかにも安穏な季語と、遠い異国でのアイルトン・セナの事故死とが、そしてまやの句では、物理用語である「万有引力」という言葉と、卑近なじゃがいものくぼみとが、それぞれ衝撃させられている。

では、万太郎の場合は、どうだろうか。

季語について詠むものが「一物仕立て」、季語に何かもうひとつの言葉なり題材なりを加える作り方が「取り合わせ」だと定義した時、万太郎の句は、「取り合わせ」に分類されるものが、ほとんどである。そして、つかずはなれず、精妙な距離感の取り合わせは多い。

校長のかはるうはさや桐の花　『春泥』

子供たちの間に広がっている校長の転勤の噂と、「桐の花」が取り合わされている。桐の花と学校の取り合わせの根底には、朱子の著名な漢詩「少年老い易く学成り難し、一寸の光陰軽んずべからず。未だ覚めず池塘春草の夢、階前の桐葉すでに秋声」(「偶成」)があるだろう。巧いのは、朱子の漢詩では秋の訪れを知らせる「桐の葉」が詠まれているのに対して、「桐の花」にずらし、ベタつきを避けていることだ。その上で、学校の教訓としてしばしば引かれる朱子の漢詩を、「校長のかはるうはさ」とやや俗っぽく捉えることで、子供ながらに有為天変の大人の世界に触れた複雑な感情を表出している。

鮟鱇もわが身の業も煮ゆるかな　『流寓抄以後』

ここでは、「鮟鱇」と「わが身の業」が取り合わされている。深海魚でふだんは目にしない「鮟鱇」と、「わが身の業」との間には一定の飛躍が認められる。しかも、鮟鱇の異形の姿と、年とともに身内に溜まっていく業との間には、醜さや鬱陶しさという点で通じるものが確かにあり、この二つの取り合わせには、絶妙な距離感があるといえる。

このように、万太郎は俳句の古典的手法である「取り合わせ」においても、腕の冴えを見せている。特筆するべきは、「取り合わせ」の句につきまとう、外連味《けれん》といったものが、ほとんど感じられないことだ。実際、二つの物の距離の遠さ、近さについては、ほとんど頓着していないのではないかと思われる句も散見される。

鶯やつよき火きらふ餅の耳　『春燈抄』

「鶯」と「餅」の取り合わせでは、芭蕉の名句とされる「鶯や餅に糞する縁の先」が、まっさきに想起される。万太郎は芭蕉の句を知っていただろうが、「鶯」と「餅」との取り合わせ自体に面白みがあるとは見ていなかったのではないか。「つよき火きらふ餅の耳」は、すぐに焦げてしまう餅のふちの部分を擬人化し、漫画風に捉えた面白さがある。焦げないように、じっくりと時間をかけて餅を焼いているところを、春先の「鶯」の声が包み込むことで、穏やかな時間の流れが感じられる。

肚からの貧乏性や啄木忌　「春燈」昭和37年

忌日の俳句は一般に、取り合わせの新鮮さを要求される。たとえば啄木忌の場合には、「便所より青空見えて啄木忌　寺山修司」や「あ・あ・あ・とレコードとまる啄木忌　高柳重信」など、捉え方に飛躍がある。

この句は、語彙を取り出してみると、「啄木」と「貧乏」とありきたりな関係性に寄りかかっているようにみえるだろう。だが、句の総体として見れば、話は違う。まず、確認しておきたいのは、「肚からの貧乏性」は、啄木のことを言っているのではなく、自分のことをいっているのだということだ。前者であれば、啄木という人間の解説にすぎない。ここは、自分が根っからの貧乏性であり、その点で啄木と共通性がある、という内容だと解するべきだ。「肚からの」ということで、開き直っているような調子が出ていて、この一語でありきたりの取り合わせに生気を通わせている。貧乏性を直す気は、さらさらないのだ。

がてんゆく暑さとなりぬきうりもみ　『流寓抄以後』

万太郎に季重なりの句が多いのはすでに指摘されているが、それは、そもそも季語の一般的な意味合いから、他のフレーズを離そう、飛躍させようという意図の乏しいことを示している。この句も、「暑さ」と「きうりもみ」は、ともに夏の季語であり、これを取り合わせることによって、夏の季節感を濃厚なものにしようとする意図があるのだ。胡瓜揉みしか喉を通らないほどの、うだるような暑さが、あえての夏の季重なりによって再現されている。

万太郎の句には、二物衝撃といえるような、まったく未知の言葉の出合いというものは、ほとんど見られない。つまり、その特徴としては、許六の取り合わせに近いといえる。ここにも、季語の扱い方と同じく、万太郎の前近代性を見て取ることができる。

では、近代以降の取り合わせと、蕉門のそれとを分けるものとは、何か。

近代以降の取り合わせが、二つのものの発見に重点が置かれているのに対し、蕉門では、二つのものを見つけてきた上で、いかに結び合わせるかという、「とりはやし」を重視していた。「とりはやし」についての芭蕉と許六の対話を、以下に引こう。

師ノ云ク、「発句は畢竟取合物とおもひ侍るべし。二ツ取合て、よくとりはやすを上手と云也」といへり。ありがたきおしへ也。これ程よきおしへあるに、とり合する人、稀也。師は上手ニテ、其のまゝとりはやし給ふ。予ハとりはやす詞ハよくしりたり。案じ侍る時は、如何《いかに》もよくとりはやし侍る也。是とりはやす詞をしりたる故也。

「自得発明弁」、許六『俳諧問答』

ここで「師」、すなわち芭蕉は、二つを「とりはやす」、すなわち結び合わせる言葉を探すことに長けたものが、達人なのだと言っている。取り合わせる題材を見つけてくることだけが、取り合わせの全てではないのだ。

具体的に、「とりはやし」とはどういうものかについて、許六は自身の句作を例に、かなり詳細に述べている。

予此ごろ、梅が香の取合に、浅黄椀能《よき》とり合もの也と案じ出して、中ノ七字色々ニをけ共すハらず。

梅が香や精進なますに浅黄椀　是ニてもなし
梅が香やすへ並べたるあさぎ椀　是ニてもなし
梅が香のどこともなしに浅黄椀　是ニてもなし

など色々において見れ共、道具・取合物よくて、発句にならざるハ、是中に入べき言葉、慥《タシカ》ニ天地の間にある故也。かれ是尋ぬる中に、

梅が香や客の鼻には浅黄椀

とすへて、此春の梅の句となせり。

「自得発明弁」、許六『俳諧問答』

高雅な「梅の香」と、華やかな模様の描かれた「浅黄椀」とを、一句に同時に詠みこめれば面白いものになるだろうという発想から、許六の句作は始まっている。その上で、二つをいかに結び合わせるかで、さまざまな試行錯誤を重ねている。最終的には、「客の鼻には」というとりはやしの言葉を得て、浅黄椀を使っての饗応の場面とすることで、梅の花と浅黄椀とを、その間に「鼻」を介在させて俳諧化しつつ、ともに詠みこむことに成功した。

万太郎の推敲を見てみると、許六と同様に、二つのものをどう結び合わせるかに、相当の労苦を

払っていることがうかがえる。

帯解きていでしつかれや蛍かご　A『春泥』
帯解きていでしつかれよ蛍かご　B『新装』
帯解きていでしつかれの蛍かな　C『ゆきげがは』
帯解きてつかれいでたる蛍かな　D『久保田万太郎句集』

蛍見のあとの情景である。まず、帯を解き、着物を脱いで疲れた女の体と、蛍との二つの取り合わせが、発見されている。蛍のゆらゆらとおぼつかない飛び方が、着物の詰屈から解放されたしどけない女性の姿態を通して実感されてきて、気の利いた取り合わせである。万太郎が愛読していたという谷崎潤一郎の『細雪』でも、三姉妹が蛍狩りに出かける場面がある。着物は汚れるからといわれ浴衣の代わりにモスリンの単衣を着せられ、絵物語のように着物ではいかないものだと長女の幸子は歎息するのだが、万太郎の句に詠まれているのは、まさに姉妹が理想としたような着物での蛍狩の場面である。

万太郎の真骨頂は、「着物疲れの女性」と「蛍」、この二つをいかに結び合わせるか、という点に発揮されている。許六さながらに「是ニても無し」と心の中でつぶやきながら、万太郎は二つの素材の「とりはやし」を試行錯誤するのである。

AとBでは「蛍かご」が季語であり、蛍狩りから帰って来た女性が、つかまえた蛍を籠に入れて持ち帰ったことが、はっきりと言葉で示されている。Cでは「蛍かご」が抜けて、「蛍」のみになっている。これにより、「蛍」は、籠に入っているのか、あるいはそのへんの庭にも飛んでいるのか、曖昧になった。こうした方が句に広がりが出ると、万太郎は判断したのだろう。だが「いでしつかれの蛍かな」と「の」のつながりが、分かりにくい。

最終的には、Dの形に落ち着いた。中七の最後の活用形を連体形にして軽く切り、下五を「かな」止めにするという、俳句の古典的な文体であり、「の」でつないだときよりも、「かな」の切れ字がよく働き、豊かな余韻余情を生んでいる。

ほかにも、次のような推敲例は、万太郎が、異なる言葉同士を一句の中で統合、調和させる「とりはやし」に、いかに長けた俳人であったかを物語っている。

葉桜にもえてゐる火事みゆるかな　A

葉桜にみえて昼火事もゆるかな　B　『ゆきげがは』

健やかな「葉桜」と、不穏な「火事」との取り合わせが、鮮やかに決まっている。万太郎はその二つを見つけてきたことに満足するのではなく、二つをどう結び合わせるか、「とりはやし」をするか、ということに力を傾ける。Aでは、語順が散文に近く、ストレートで伝わりやすいが、屈曲がなく、味気なさは否めない。改作したBでは、「みえて」で小休止を置くことにより「昼火事」の唐突さが際立ち、「もゆるかな」でまとめたことで、これからも延々と燃え盛っていくかのような恐ろしさが出た。

淋しさはつみ木あそびにつもる雪　A　『道芝』
淋しさはつみ木のあそびつもる雪　B　『久保田万太郎句集』
さびしさは木をつむあそびつもる雪　C　『草の丈』

子供の積み木遊びと、外に積もる雪の取り合わせである。人工物と自然物という異なるもの同士であるが、ともに「さびしさ」という共通点があることで、取り合わされているのだ。そして、やはりここでも、この二つをいかに結びつけるかで、万太郎は推敲を重ねている。Aでは「に」の助詞が、内と外との対比をあらわにしていて、説明的な印象がぬぐえない。Bになると、「つみ木のあそび」「つもる雪」の二つのフレーズを端的に並列したことで、説明的な印象は減じた。だが万太郎はさらにCに至って、「つみ木」という言葉を解体して「木をつむ遊び」とした。このことで「木」も「雪」も、ともに下から少しずつ嵩を増していくものだという、共通性がより鮮明になった。周到な推敲である。

万太郎の取り合わせについては、こんな逸話も思い出される。

初午や煮しめてうまき焼豆腐　「春燈」昭和27年

「初午」は、二月になってはじめの午の日で、この日に全国で稲荷神社の祭りが催される習いがある。赤飯や油揚ではありきたりになってしまうが、家庭で供される煮〆から、素朴な「焼豆腐」を選んできたことが、清新な取り合わせとなっている。

ただし、この句はすでに、新傾向の俳人小沢碧童がすでに「初午や煮つめてうまき焼豆腐」と類似の句を昭和四年に作っていたのである。そのことを弟子の安住敦が指摘したところ、自分の句の方がすぐれているとして、頑として取り下げることをしなかった、という逸話である（安住敦『市井暦日』東京美術、昭和四十六年）。これは、万太郎が庶民風俗にいかに思い入れをもっていたかという文脈でしばしば語られるが、表現の観点から見れば、万太郎は一句の表現の手柄を、「初午」と「焼豆腐」との二物の発見に置くのではなく、それをいかに結び合わせるか、という「とりはやし」の言葉に重点を置いていた、という証言として聞くことが出来るだろう。

万太郎の取り合わせと、許六の取り合わせは、ぴたりと重なるわけではない。許六の生きた時代の俳諧には、なお和歌・連歌への対抗意識があり、その取り合わせも、伝統的な「雅」の美意識を、「俗」によって転覆させるという、明確な目的意識を持っていた。

十団子も小粒になりぬ秋の風　許六

許六の取り合わせの代表句であるこの句は、不景気で小さくなった「十団子」という土産物と取り合わせることで、「秋の風」という伝統的季題を、日常のレベルに引き落とすことを目的としている。

万太郎は市井の人々の生活感情に寄り沿った作家として知られるが、かならずしもその句に、階級的な対立の構造があるわけではない。季語の頂点である「雪」「月」「花」を詠みこみ、かつ、取り合わせで作られた万太郎の句を引用してみる。

雪の日のネクタイピンの真珠かな　『春泥』昭和12年
手にのせて豆腐きるなり今日の月　「春燈」昭和30年
山中に銀行ありし桜かな　「春燈」昭和38年

「雪月花」は、江戸時代の俳人たちがこぞってその地位から引きずりおろそうとした題であった。しかし、万太郎の場合、いずれの句も、力みがかかったところは微塵もない。一句目は、雪の日の外出で、正装を整えているところだろう。ネクタイピンの真珠と取り合わされることで、雪の粒の一つ一つの輝きが見えてくる。二句目は、良夜にもかかわらず、豆腐を切るというごく日常的な厨事が詠まれているのが目を引く。手の上の豆腐のひえびえとした感触と、名月の透徹した光とが交響している。三句目は、旅先のスナップである。俗世の銀行と、風雅の世界の桜とは鮮やかな対比であるが、「山中に」がとりはやしの言葉として働き、桜の咲き乱れる山の中の銀行がまるで貴人の御殿のように見えてくるところが面白い。

いずれも、雅の季題に対して、俗の題材が取り合わされているが、ごく一般的な景色の中に溶け込ませているために、雅俗の対比が行われていることに気づかない程に自然に仕上がっている。

万太郎の句においては、さまざまな風合いの言葉が、しっくりと馴染んでいる。混沌と言葉のあふれかえる今の時代に、万太郎の句集をひもとけば、みごとに調和した言葉に出合えることを幸いとして、現代俳句における取り合わせの意義も再検討されるべきであろう。

切れと切字

霜柱俳句は切字響きけり　　石田波郷　『風切』昭和18年刊

波郷がこのようにメタ的に詠んだとき、「俳句」の対象に、万太郎俳句は含まれていただろうか。当時の俳句の散文化に抗して、韻文精神を標榜した波郷は、弟子に向けて「諸君は、無理にでも、『や』『かな』『けり』を使へ。若しくは絶対に切字を入れよ」（「鶴」昭和十七年五月号）というほどに、「や」「かな」「けり」の切字を重視した。その背景には、芭蕉に学び、古典と競い立つ格をそなえた句を作らねばという強い意志があった。

いみじくも、波郷の霜柱の句で使われている「けり」を、万太郎は多用している。万太郎の句集をひもとく者は、その「けり」の多さに、当惑するかもしれない。

神田川祭の中をながれけり　　「文藝春秋」大正14年

なく虫のたゞしく置ける間なりけり　　『春燈抄』

四万六千日の暑さとなりにけり　「春燈」昭和25年
秋まつり雨ふツかけて来たりけり　『流寓抄以後』

など、あげていけばきりがない。だが、万太郎の「けり」は、響くというほどの強さではない。試みに、波郷の「けり」の句を並べてみよう。

槙の空秋押し移りゐたりけり　『風切』
雁の束の間に蕎麦刈られけり　『雨覆』昭和23年刊
息吐けと立春の咽切られけり　『酒中花以後』昭和45年刊

いずれも、鋭く、強い響きの「けり」である。おそらく、波郷にとっては、土を押し上げて立つ「霜柱」のように強い理想的な切字の句として、万太郎の句は、入っていなかったはずである。波郷の「けり」と、万太郎の「けり」。同じ切字にもかかわらず、なぜこのような違いが生まれているのか。

比べてみると、万太郎の句は、「けり」に至るまでの言葉の密度が、波郷に比べて、けっして高くはない。たとえば「神田川祭の中をながれけり」の句では、「神田川」とあるから、「ながる」という動詞は、本来は必要ないのである。したがって、言うべきことは言ってしまったあとの、余りの部分で、「けり」が使われている。波郷の句は、末尾の「けり」に至るまで、言うべき言葉が密に詰まっている。一句の言葉に、無駄がないのである。だからこそ、末尾の「けり」も、密集した言葉を受けとめて、強く響いているのだ。

波郷の「けり」と万太郎の「けり」では、支えている言葉の重みが違う。では、万太郎が切字の使い方に無頓着だったかといえば、けっしてそうではないことは、いくつもの推敲例が証明している。

生簀籠春かぜうけてゆれにけり　「春燈」昭和30年
生簀籠春かぜうけてゆるゝかな　『流寓抄』

漁師が干したのであろう、生簀籠が、春風に揺られながら乾いている、という漁村情景だが、結社誌に掲載した時には「ゆれにけり」と「けり」の切字を使っていたのだが、句集に収録する際には「ゆるゝかな」と「かな」止めに変更している。「けり」は流れるような調べを作り出すが、「かな」は安定感をもたらす。「けり」の切字を使っている推敲前の形では、調べが強すぎるために、暖かな春風や、それを受けてゆったりと揺れる生簀籠の感じが、今一つ感じられない。「ゆゝるかな」としたことで、内容と調べの不均衡が解消され、川の豊かな恵みを受けた風土の長閑さが伝わる。

次の例では、逆に、「かな」から「けり」への推敲が施されている。

赤くあがり青くひらきし花火かな　『久保田万太郎全句集』昭和23年
花火赤くあがりて青くひらきけり　『冬三日月』

一句目が推敲されて、二句目が句集に掲載されている。「かな」を用いた一句目では、「花火」が「かな」で強調されているために、眼目であるはずの「赤」と「青」への色の移り変わりが、むしろ印象を弱められてしまった。二句目では、「赤」から「青」への変化を、「けり」の切字がうまく受け止めて、打ち上げられた花火が夜空へのぼっていく軌跡がありありと心に浮かぶ。

万太郎は、安易に「けり」「かな」を使っていたわけではない。推敲の中には、切字を使うことを取りやめている例も見受けられる。

このわかれ松茸めしを炊きにけり　「春燈」昭和25年
このわかれ松茸めしを炊くわかれ　『冬三日月』

香りのよい松茸めしでもって、人を励まし、送り出しているという句である。初案での「炊きにけり」では、あっさりしすぎているだろう。「けり」を使った句の流れの良さ、調子の良さが、むしろ妨げになるという例である。推敲案では「けり」を消し、そのかわりに「わかれ」をリフレインすることで、別離の悲しみが強められている。

つるばらの冬さくばらの白さかな　『冬三日月』
つるばらの冬さくばらの白さみよ　『流寓抄』

まだ寒い冬の内に咲く冬薔薇の、凜とした白さが詠われている。初案では「白さかな」としたが、「つるばらの冬さくばら」とリフレインを用いた調べのなめらかさが「かな」で打ち消されてしまうことを怖れたのだろう。推敲案では、「白さみよ」と命令形を使い、テンションが最後まで落ちないように配慮されている。結果、誰かに「みよ」と呼びかけたくなるほどの冬薔薇の純白が、読者の心にも現前する。

牛の歩み春駘蕩のあゆみかな　「春燈」昭和35年
牛の歩み春駘蕩のそのあゆみ　『流寓抄以後』

春駘蕩の気分を体現するかのような、ゆったりとした牛の歩みだというのだ。名吟とされる其角の「日の春をさすがに鶴の歩みかな」（『丙寅初懐紙』）とは対照的な、鈍重な牛の歩みが微笑ましい。

「かな」を使った初案でも、牛の歩みの鈍さは感じられてくるが、推敲案で「そのあゆみ」として、あえて指示語の「その」を入れて間延びした音調に変えたことで、より牛の歩みの遅さが実感されてくる。

万太郎は切字を盛んに使っているが、そこには必然があったということを述べてきた。冒頭に挙げた「けり」の例句の中で、「秋まつり雨ふツかけて来たりけり」を挙げたが、これも表現効果が吟味された結果なのである。

雨にはかに吹ッかけて来ぬ秋祭　「春燈」昭和34年
秋まつり雨ふツかけて来たりけり　『流寓抄以後』

秋祭りのさなかに、突然降り出してきた雨。吹っ掛けるという動詞が、いかにも唐突な襲来を思わせ、祭衆の浮足立ったさまが見えてくる。初案の「来ぬ」の「ぬ」は完了の助動詞で、推敲した「けり」を使った句に比べて、余韻に乏しく、あわてふためく現場の様子が、いまひとつ浮かんでこない恨みがある。また、成案の歯切れの良さは、雨の降ってくるスピード感を再現してもいる。

俳句論の少ない万太郎であるが、切字については、次の言葉を残している。

——全体、発句といふものは技巧一つのものである。技巧なしに発句は存在しない。（中略）

さうして、切字といふやうな約束をわすれて、この短い詩形ばかりが特に持つてゐる音律について全く盲目的なやうなものをわたしは何の価値もないものとする。――いふまでもなく、わたしは「海紅」の碧梧桐氏の主張、「層雲」の井泉水氏の主張、さうして「石楠」の乙字氏等の主張――それはすべて、独断と偏見とに固められてゐるところの主張に向かつて言つてゐるのである。

『藻花集』（大正六年刊）後記

ここで興味深いのは、万太郎が、「切字」と「音律」を結びつけ、定型を手離した新傾向俳句、自由律俳句を批判していることだ。もともと「切れ」とは、発句が連句以下の付け句と切れていることを意味する。「けり」や「かな」は独立を明示する語であり、「や」は下五から上五へと言葉が循環し、完結することを指示する語であった。そこから、波郷が言うところの、古典と競い立つような格調の高さというものも生じてくる。だが、前書をふんだんに用いた万太郎は、一句が独立することに、それほどの関心を払っていない。格調の高さということも、万太郎はそこまで重視していたとは思えないのだ。

ここで、万太郎の切字の独創性を浮き彫りにするために、「かな」「けり」とともに、代表的な切字の一つである「や」の例について見ていきたい。

「や」は、切字中の切字といっていいほどで、万太郎にも、もちろんこれを用いた句は多い。だが、たとえば専門俳人の句と比較してみると、その使い方がいかにも軽いのである。

鶯や前山いよよ雨の中　水原秋櫻子『葛飾』昭和5年刊
鶯やけさまだやまぬ雨の中　万太郎「春燈」昭和34年

どちらも、雨中の鶯を詠んでいるという点は同じだが、万太郎の「や」に比べて、秋櫻子の「や」は、断絶のニュアンスが濃い。秋櫻子の句では、近景の「鶯」と、遠景の雨中の前山とを、明確に区別するために、「や」の切字が用いられている。万太郎の句では、「鶯」と「やまぬ雨」とは、同一の空間上にある。「鶯のけさまだやまぬ雨の中」としても通じてしまうような、「や」の切れの軽さ、弱さが指摘されるのである。

もう一つ例をあげよう。

名月や畳の上に松の影　其角『雑談集』元禄5年刊
名月やこの松ありて松の茶屋　万太郎「春燈」昭和31年

名月とそれに照らされる松という道具立ては共通しているが、其角の句は「や」の切れの強さが、畳の上に投げかけられた松の影を、くっきりと浮き上がらせているのに対して、万太郎の句は、「名月にこの松ありて松の茶屋」としても通じてしまうほどに、切れは軽くて弱い。

浅野信氏は、蕉門の切字論を分析し、「や」の切字は一句に「重量感」を与えるものと位置付けた（『切字の研究』桜楓社、昭和三十七年）。こうした切字観は、波郷の考え方をはじめ、現代の俳人の意識にも潜在している。だが、蕉門の許句・李由の編集した『宇陀法師』（元禄十六年刊）には、「七つのや」として、「や」には複数の働きがあることをあげ、その一つとして「口合のや」という、調子を整える「や」の働きを指摘している。「口合のや」は「春やこし年や行きけむ小つごもり　芭蕉」など主に上五の三音目で使われ、限定的であるが、切字と音調のかかわりは、もっと本質的なものと考えるべきではないか。意味の断絶だけが、切字の機能ではないのだ。万太郎の『藻花集』における発言は、その意味で重要なのである。

さきほど挙げた「鶯やけさまだやまぬ雨の中」「名月やこの松ありて松の茶屋」にせよ、「鶯」「名月」のあとで、小休止を置くことで、その後につながる言葉への期待感が高まるという音韻上の効果を、見過ごしにしてはならないのだ。

短日やされどあかるき水の上　　『久保田万太郎句集』

日が沈むのが早い冬ではあるが、まだ水の上には明るさが残っているという、ひとひねり加えた「短日」の捉え方が、この句の眼目である。「や」の切字の使い方も興味深い。「短日や」と上五で切れているにもかかわらず、「されど」という接続詞で、下の言葉へ意味をつなげている。常識的な書き手であれば、「短日」と明るい水面を取り合わせるだけで、「されど」でつなげようとはしないはずだ。「短日や」と小休止してから、「されど」と〝語り〟を思わせる語が出てくることで、調子の良さが際立っている。

「や」は句を切るばかりではなく、韻律とも深くかかわっていることを体得し、実践した俳人。それが、万太郎であった。

一句の末尾の「よ」や「や」も、万太郎に独特の切字の用法である。

水中花咲かせしまひし淋しさよ　『春泥』
冬の灯のいきなりつきしあかるさよ　『久保田万太郎句集』
春の月なまなか照りてかなしきよ　同
雪つもりつもり〳〵て哀しさよ　『流寓抄』
しらつゆのむつみかはしてあかるしや　「春燈」昭和37年

一般に、「や」の切字は上五や中七に置くのが常道であるが、これらの句では下五に置かれている。「夏の月御油より出でて赤坂や　芭蕉」など用例がないわけではないが、珍しい使い方である。末尾の「よ」「や」は、一句が明確に終わっていない印象を与え、不安定な句とみなされてしまう。なぜ、万太郎はこうしたイレギュラーな切字の使い方をしたのか。

これらの句において、「よ」「や」がついているのは、「あかるし」「淋し」「哀し」といった主観的な形容詞であることに注意したい。これらの形容詞が、仮に、正統的な使い方――つまり、上五に置かれていたらどうだろうか。

淋しさよ咲かせてしまふ水中花
あかるさよいきなりつきし冬灯
かなしきよなまなか照りて春の月
哀しさよつもり〳〵てつもる雪
あかるしやしらつゆむつみかはしをる

といったように、感情語が上五で「や」「よ」で強調されてしまうと、大仰で、芝居がかった印象は否めなくなる。万太郎の句は、主観的な語を「や」「よ」の切字とともに下五に置いたことで、さりげない感情表現を作り出しているのだ。たとえば「冬の灯」の句では、灯火が冬の深い暗闇の中で不意に灯った瞬間の眩しさへの驚きが詠まれている。ごく日常的で些末な出来事に、大きな感動を得るという、一見矛盾する内容が、「よ」の詠歎の切字を使いつつもそれが下五にさりげなく置かれているという文体によって、実現されている。

ちなみに、万太郎は、弟子の安住敦の「啄木忌いくたび職を替へても貧」という句を、「啄木忌いくたび職を替へてもや」と添削したという（『自選自解安住敦句集』白凰社、昭和五十四年）。啄木といえば「貧」であることは当然連想されることなので、省略してもかまわないという意図であるが、下五に切字の「や」を用いる大胆な添削は、余人にはできないだろう。

万太郎の切字の使い方が自在であるのは、次のような句をみても明らかだ。

仰山に猫ゐやはるは春灯　「春燈」昭和27年

「祇園〝杏花〟にて」と前書のある一句。京ことばをそのまま取り入れながら、末尾に「春灯」を置いている、いわゆる取り合わせの作り方になっており、ここでは「いやはるは」の「は」が、「や」の切字に類似する働きをしている。

水原秋櫻子や山口誓子が、大正の終わりから昭和のはじめにかけて、『万葉集』の和歌の語彙に倣って「梨咲くと葛飾の野はとの曇り　秋櫻子」（『葛飾』昭和五年刊）「住吉に凧揚げゐたる処女はも　誓子」（『凍港』昭和七年刊）など、あえて「や」「かな」「けり」とは異なる切字を試行したことがあった。秋櫻子や誓子が万葉集から拾い上げたのに対して、京の祇園の女将の話し言葉から拾い上げたところが、いかにも万太郎らしい。

また、「かな」の用例については、評論家の山本健吉が、「しらぎくの夕影ふくみそめしかな」や「秋の雲みづひきぐさにとほきかな」など、体言以外に「かな」の付く用例が多いことを指摘して、「軽い詠みぶり」である万太郎に合っていると指摘しているのは、重要である（『現代俳句』）。

加えて、万太郎の「かな」止めのユニークなのは、蝙蝠に口ぎたなきがやまひかな　『冬三日月』
鶯に人は落ちめが大事かな　『流寓抄』

といったように、「○○に××かな」として、「に」のあとに軽い切れが入るという例である。仮に「の」では、ストレートに意味がつながってしまい、蝙蝠や鶯を擬人化した表現と受け取られかねない。「に」によって、意味を屈折させつつ、しかも微妙に二つのフレーズをつなげたという、綱渡り的な危うい付け方である。通常であれば、取ってつけたような印象の季語になりがちなところを、「蝙蝠」や「鶯」といった季語はどちらも付かず離れずの関係性で、見事にはまっている。宵闇を飛びながら虫を食らう「蝙蝠」は怪しさがあり、口の悪い人物を皮肉るのに最適である。春を告げる鳥である「鶯」の無垢な声は、落ちぶれて人の品格を失ってしまうことを戒めているようだ。「口ぎたなきがやまひ」とか「人は落ちめが大事」といったような、本来俳句になじみにくい警句や箴言を、うまくなじませることに成功している。

「桔梗や男も汚れてはならず　波郷」（『惜命』昭和二十五年刊）もまた、こうした警句・箴言を季語と関わらせた例であるが、万太郎と比べてやはり「や」の働きが強く、結果として季語の象徴化がわかりやすく、スローガン的な印象が強くなっている。万太郎の特徴である「○○に××かな」の文体は、強い切れがない分、ごく自然に季語と結びつき、メッセージ性は弱まっている。思いがけない切字の使い方をしながらも、俳句の範疇にとどめておくところに、万太郎の技術の冴えがある。次のような切字の使い方も、ほかに類例がない。

たよるとはたよらるゝとは芒かな　「春燈」昭和32年
ほそみとはかるみとは蝶生まれけり　『春燈抄』

「とは」の部分でそれぞれ切れ、さらに「かな」「けり」の切字で切れるという、いわゆる「三段切れ」の形である。現代俳句では、言葉が細分された印象を与えることから、タブーとされている。「芒」の句では、「たよる」ことと「たよらるゝ」こととという一見相反することが、実は同一のことを意味するのではないかと、自分の体験を引き寄せながら、思いを巡らせている。たとえば親子関係、友人関係などで、頼られていると思っていたが、自分がその満足に酔っていたのだと気づき、実は頼っていたのだと悩むことは、誰にもあるだろう。「蝶生まる」の句では、蕉門で大いに語られた「ほそみ」と「かるみ」との微妙な相違に、思い悩んでいる。どちらも軽妙さにつながるという点で、万太郎の目指すところでもあったのだろうが、それぞれの言葉を厳密に定義しようとするのは難しい。

このように、言葉がまとまりを失う危険を冒しながら、逡巡する心を表すために、三段切れの文体が取られている。三段切れによって言葉が寸断されながらも、散漫な印象がないのは、先に挙げた「○○に××かな」の例と同じく、季語の付け方が的確だからだ。「芒」の、風の吹く方向によってなびき、倒れ込む方向が変わる様は、まさに頼る、頼られる関係の不分明さを、突きつけてくる。春先の生まれたばかりの「蝶」のういういしさは、たしかに「ほそみ」というべきか「かるみ」と呼ぶべきか、迷うところだ。

句中の切れは、短い音数で豊かな内容を表現する大きな武器であるが、絶対視することで、文体が類型化してしまうという弊害もある。

戦後前衛俳句は、表現の領域を広げるために、切れという概念を変質化させた。たとえば富澤赤黄男と、彼の流れを汲む高柳重信は、切れを視覚化させることで、従来の俳句の持つ文体を更新したのだった。

草二本だけ生えてゐる　時間　　赤黄男『黙示』昭和36年刊

たてがみを刈り
たてがみを刈る
愛撫の晩年　　重信『蒙塵』昭和47年刊

切れや切字は、いかにも俳句らしい文体を作り出す。それを拒むことで、まったく新しい俳句の在り方を求めたのが、赤黄男や重信であった。赤黄男の一字空け、あるいは重信の一行空けは、余韻や余情のためというよりも、精神の空白状態を表して、むしろ余韻・余情を打ち消している。

万太郎の次のような独特の切れは、前衛俳句の問題意識に、彼らとは別の形で向き合った答えといえるだろう。

たけのこ煮、そらまめうでて、さてそこで　「春燈」昭和34年
薄暮、微雨、而して薔薇白きかな　「春燈」昭和34年
霜、寒やしるしばかりに松を立て　『流寓抄以後』
たましひの抜けしとはこれ、寒さかな　「春燈」昭和38年

万太郎の句には、しばしば読点がはさみこまれる。これは、第一義には、視覚的な読みやすさを考えてのことであろう。仮に「たけのこ煮そら豆うでてさてそこで」「薄暮微雨而して薔薇白きかな」「霜寒やしるしばかりに松を立て」「たましひの抜けしとはこれ寒さかな」としては、一句のどこで切れているのかわかりにくいのだ。ただ、そうした視覚上の理由ばかりではない。五七五のリズムにさらに別のリズムを織り込んだ、より複雑な韻律を作り出すことにも貢献している。赤黄男や重信の句の空白は、韻律よりも視覚的な効果を重視したものであり、その点で大きな違いがあるのだ。

「たけのこ煮、そらまめうでで、さてそこで」は、ちょうど読点が句切れの位置にあるために、読者は通常の句を読むときよりも、さらに長い休止を余儀なくされる。筍を煮て、蚕豆を茹でて、さらに酒の支度をしようという、夏の夕刻の豊饒で鷹揚な気分が、韻律の上に再現されているのだ。また、「薄暮、微雨、而して薔薇白きかな」では、まるでト書きのように「薄暮」「微雨」と一句の舞台の設定が立て続けに示され、緊迫感のある調べを成したのちに、「而して薔薇白きかな」と、舞台の主役である純白の薔薇が、おもむろに登場して、その存在感を示す。俳句とは思えない、ドラマチックな展開である。「霜、寒やしるしばかりに松を立て」では、あまりの寒さに正月の門松の準備も手早く済ませたということだが、「霜、寒や」の特異な韻律が、吐き捨てるような口吻を感じさせている。「たましひの抜けしとはこれ、寒さかな」は、愛人であった三隅一子を失ったときの連作の一つであるが、「これ」の後の「、」が、深い虚脱感、絶望感を伝えている。

思えば、散文で「、」が表れるとき、おのずから私たちはそこを区切って読んでいる。それを俳句に生かそうという発想は、散文を書くことが本業の万太郎であったからこそ思いつき、使いこなすことができたのだろう。俳句には五七五の定型があり、切字があるから、それで韻律についてはじゅうぶん快いものができると考えてしまうが、万太郎はそこにさらに読点のアイデアを加えて、一句の内容に適した最上の韻律を追求したのである。

万太郎の切れや切字は、快い韻律との深い関係にある。ほとんどの俳人は、切れや切字を公式どおりに用いることになるが、万太郎は、下五に「や」「よ」の切字を用いたり、口語の切字や三段切れ、読点の挿入など、自在だ。切れや切字の更なる可能性が、ここまで万太郎によって示されているのに、変わらず意味の断絶のみを切れと考える理由は、どこにもないのではないか。

「型」と「型破り」

舞踊や武道と同じく、俳句には型があるといわれる。それは言葉の〝型〟――すなわち、五七五のどこに切れを入れ、どこに季語を入れるかに、いくつかの決まったパターンがあるというのだ。俳人の藤田湘子は、古今の俳句は四パターンに分類できるとし、初学者には、まず型を身につけるように指導した。

湘子の『20週俳句入門』（立風書房、昭和六十三年刊）は、発刊以来、俳句入門書のロングセラーとなっている。そこであげられている四つの型とは、次のようなものである。

型その1　藺干すや農取岳にとはの雲　石橋辰之助
型その2　淋しさにまた銅鑼うつや鹿火屋守　原石鼎
型その3　桑の葉の照るに耐へゆく帰省かな　水原秋櫻子
型その4　くろがねの秋の風鈴鳴りにけり　飯田蛇笏

型その1は、上五を「や」の切字で切って、下五は体言止めで締める。型その2は、中七で「や」で切り、下五は五音の季語で締める。型その3は、中七は用言の連体形等で切り、下五は五音の季語に「かな」を付けて締める。型その4は、中七下五は一気に読み下ろして、「けり」の切字で締める。例句は、湘子が例としてあげている中から引いた。

万太郎は「型」を意識していたわけではないだろうが、古俳諧によく親しんだことで、おのずからこの「型」を身につけている。試みに、万太郎の句から、それぞれの型にあてはまるものを引けば、

型その1　湯豆腐やいのちのはてのうすあかり　『春燈抄』
型その2　いつ濡れし松の根方ぞ春しぐれ　『冬三日月』
型その3　人ごゑを風ふきちぎる焚火かな　『春燈抄』
型その4　はつあらし佐渡より味噌のとゞきけり　「春燈」昭和33年

といったように、たちどころに揃えることができる。

型で作ることの利点は、いかにも俳句らしい、風格のある句が、初学の頃から作れる、ということだろう。それは、俳句を作るにあたってもっとも難しい「切れ」の概念を、おのずから内包した句になるからだ。

ただ、一方で、万太郎にはこの「型」におさまらない句も多く、それゆえに、俳句を詠み慣れている者でも、ふと立ち止まって、はてどういう構造で作られているのか、迷う句もある。

たとえば、

ゆふやみのわきくる羽子をつきつゞけ　『草の丈』

夕闇があたりを侵しはじめる。それでも羽根突きに興じる子供たちはやめようとしない。コーンコーンという音が、夕空を背景にいつまでも響いている。そんな内容だろう。ここで「わきくる」が連体形になっていることに着目したい。いま述べたような内容を素直に俳句にしようとすれば、

ゆふやみのわききて羽子をつきつゞけ
ゆふやみのわき来や羽子をつきつゞけ
わききたるゆふやみ羽子をつきつゞけ

などとなるはずだろう。連体形と言うのは文字通り、体言に連なる形であるから、「わきくる」のが「ゆふやみ」なのか、「羽子」であるのか、一瞬読者を戸惑わせる。

しかし、この独特の文体によって、読者を混乱させることこそ、万太郎の期待していた効果ではなかったか。つまり、「わきくる羽子」と表現することで、夕闇が羽子つきをする足元にまでちかぢかと迫っている感じを出しているのである。「ゆふやみ」と「羽子」とを、切れをもって分断するのではなく、つなげることで、ただの夕景というにとどまらない、妖しい世界観を作り出してい

る。

なつじほの音たかく訃のいたりけり　『冬三日月』

「六世尾上菊五郎の訃、至る。七月十日のことなり」と前書がある。この句の文体の独特なところは、「音たかく」までは夏潮のことを言っていながら、「たかく」と連用形によってつながるかのように、「訃」に続いていることだ。試みに、切れを入れて作ってみると、

なつじほの音たかし訃のいたるなり
たかだかとなつじほの音訃のいたる

などとなるだろうか。

あえて切れを入れないことで、「音たかく」とは、夏潮の波の荒々しい音が聞こえているのだ、とわかっていても、「訃」のほうに掛かっているとも読めるように作られている。訃報の衝撃がそれほど大きかったことを、暗に伝えているのだ。これも、型を逸脱し、切れを入れないことで、あらぶる夏の波のかなたに、亡き人のおもかげがちらちらと垣間見えるようなヴィジョンが過り、死者への深い思いに真実味が宿っている。

人の世のかなしき桜しだれけり　『流寓抄以後』

この句においても、「かなしき」が、「人の世」のことをいっているのか、「桜」に掛かっている

のか、読者を戸惑わせる。「人の世」はかなしいものであるとはしばしば歎じられるものであるから、常識的には「人の世」に掛かるだろうと納得してみても、やはり「かなしき桜」というフレーズが、脳裏に揺曳してしまうのである。

これも、切れを入れた形に直してみると、

人の世のかなしや桜しだれけり

かなしきは人の世桜しだれけり

などとなるだろう。だが、これでは、俳句らしくはなるが、散りしきる桜を前にしてただ世の儚さを歎じているという、ごく当たり前の句になってしまう。万太郎の句は、しだれ桜の憂うかのように垂れた枝が人にものを思わせるのではなく、人の悲しみがしだれ桜に移ってしまったというように、通常の関係性を逆転させたところに妙味がある。「かなしき」という語を介して、「人の世」と「桜」とが、連結されているのである。

万太郎の独特の文体について触れてきたここで、考えてみたい一句がある。

したゝかに水をうちたる夕ざくら　「文藝春秋」大正15年

万太郎の代表句として知られているが、解釈するときに読者を迷わせる句でもある。「うちたる」の意味が、道に水を打つということなのか、風にあおられた桜の枝が水を打つということなのか、わかりにくいのだ。

解釈のブレを防ぐのなら、

したたかに水をうちたり夕ざくら

したたかにうちたる水や夕ざくら

とすれば、そうした誤解は防げるはずだ。だが、これでは「打つ」という強い印象の言葉が、目立ち過ぎてしまう。「水をうちたる夕ざくら」とすることで、夕桜の情趣にかなうように、水を道に叩きつけたのではなく、ひそやかに道を濡らしたのだろうと、一句のたたずまいをしとやかに、艶やかに見せているのだ。

切れと言うことは、現代俳句では俳句を成り立たせる重要な要素と考えられているが、これらの万太郎の句は、切れよりも「つながり」を意識している。一般には、言葉同士を密に「つなげる」ことで、詩歌は散文化するといわれているが、万太郎は、「中七の用言の連体形によって前後の文脈をつなげる」という独自の文体によって、解釈にかすかなブレを生みながら、現実とも虚構ともつかないような不可思議な手触りを一句に与えている。

俳句の歴史において、題材の拡大を試み、それに成功した俳人は偉大である。だが、それ以上に希少なのは、自分の書き方を見つけた俳人である。万太郎は、その数少ない俳人の一人であったといえる。

ちなみに、「型」に関連して、字余りについても、触れておきたい。字余りは、けっしてタブーと言うわけではないが、現代俳句では、中七の字余りには不寛容である。五七五の調べが、その要である七音の部分ではみだしてしまうと、大きく崩れてしまうというのが、その理由だ。多くの入門書に、中七の字余りは避けようという文言を見て取ることが出来る。

次のような例をみると、万太郎は、必要があれば、中七の型破りもけっして辞さなかったとわかる。


ふりしきる雨となりにけり蛍籠　『三筋町より』

七音であるべきところが、八音の字余りになっている。この句は、初出では、

ふりしきる雨となりけり蛍籠　「鵙の贄」


と、きちんと中七になっている。五七五におさめる案もありながら、あえて字余りの句に決着しているのである。

確かに成案の「雨となりにけり」では、俳句の調べが滞り、間延びした印象がある。しかし、この場合には、それが意図的に採られているのである。蛍の時期と梅雨は重なっているから、この句の背景には長雨の時間があり、わずかの晴れ間を得たあとで、宵から夜が深まるにつれ、再び雨に閉ざされる時間が続くことが予兆されている。その時間をあらわすために、「雨となりにけり」の、長いため息のような中八の字余りが、あえて採られているのだ。

さて、最後に、「型」にとらわれない万太郎の自在さの最大の果実として、次の一句をあげたい。

時計屋の時計春の夜どれがほんと　　『久保田万太郎句集』

この句を特徴づけるのは、まず第一に、口語文体であり、俳句にしばしば期待される風格や品格とは遠いこと。第二に、嬉戯する調子が強いということ。万太郎の句の中でも異色であり、たとえば西村和子氏が、この句が万太郎の代表句として語られることに違和感を述べているように（「三田文学」二〇一六年冬の号）、現代俳人からは否定的な見解もあるのが興味深い。だが、あらためて、この句は万太郎の自在さの成果であり、まぎれもない名句だということは言っておきたい。虚実のはざまに言葉を紡いだ万太郎の、一つのことあげでもあり、絶対的に揺るがせないはずの時間すらが、春の夜の朧に呑まれて歪み出すという、「型破り」で奇妙な幻想の一句だからである。

第Ⅱ章

言葉の共振

俳句は、とにかく短い。戯曲や小説を本業とした万太郎には、とりわけ、その短さを痛感していたはずだ。ものを言うには足りない短さに、抵抗するか、受け入れるか。近代化していく社会の中で、いわゆる「人間探求派」や「社会派」と呼ばれた俳人たちは、前者の道をとった。万太郎は、あくまで後者であった。つまり、十七音の短さを、無理なく使うことを選んだのである。

十七音の短さで良い、と俳句の音数を受け入れる方途にも、二つがある。一つは、何も言えないのであれば、何も言う必要はない、という対し方である。俳句は只事であるという認識に立って、極小の詩形にふさわしい、極小の内容を詠む、という姿勢である。これは正岡子規以来の流れであるといえる。子規は友人であった画家の中村不折を介して西洋画の写生を知り、根岸の郊外に出ていって田んぼの飛蝗を写生し、「毎日得る所の十句、二十句位な獲物は、平凡な句が多いけれども、何となく厭味がなくて垢抜がした様に思ふて自分ながら嬉しかつた」（『獺祭書屋俳話』）と語っている。子規の写生はまず、平凡、只事をよしとするところから始まったのだ。

写生句と、只事の句は、表裏一体で、見分けがつきにくい。子規以降も、写生という方法は、少数の名句秀句と、膨大な只事句を生んだ。一句が「只事か否か」で、鑑賞者の評価が大きく分かれることも珍しくない。

流れゆく大根の葉の早さかな　高浜虚子『五百句』昭和12年刊
甘草の芽のとびとびのひとならび　高野素十『初鴉』昭和22年刊

虚子の句は、余人の目にも留めない些末な事象を切り取った客観写生の名句ともいわれているが、一方で、山本健吉によって「痴呆的」（『現代俳句』）と評されているとおり、只事とも言える。虚子の志をもっともよく受け継いだ素十の作風のトリビアリズムは、同門であった秋櫻子から「草の芽俳句」と揶揄されるが、これも秋櫻子流の「只事俳句」の別名といえるだろう。

万太郎の句は、題材の身近さ、語彙の平明さ、叙法の単純さにもかかわらず、ふしぎと只事という印象は与えない。次の一句は、そのふしぎを解明するための手がかりを示している。

玉くしげ箱根の山の花火かな　万太郎『久保田万太郎句集』

「玉くしげ」は、「箱」にかかる枕詞。地名の箱根と結び合わせた作例としては「玉くしげ箱根の山を急げどもなほ明けがたき横雲の空」（『十六夜日記』）などがある。万太郎の句では、あえて枕詞をつけることで、箱根の山の歴史性が強調されている。だからこそ、末尾の「かな」の詠嘆が生きるのだ。由緒ある箱根の山であがった花火の、なんと素晴らしいことだろう。散文に直せば、このような内容であろう。

だが、やはりここは、「玉くしげ」の枕詞を、あえて使っている意味を考えなくてはならない。たんに、古雅な雰囲気を醸し出すというのではなく、「玉」の一字と、「花火」との共鳴によって、まさに「玉のような花火」という意味を匂わせる、という働きがあるのではないか。

これは、俳句の短さに対して、只事で良いと開き直るのとは異なる、もう一つの向き合い方である。すなわち、短いということを、最大限に利用するのだ。短いということはすなわち、語数が少ないということであり、読み手は、少ない語を関連づけて、イメージなり意味なりを、導き出そうとする。散文であれば、さほど意識しないであろう言葉の関連性まで、読者は無意識に探ってしまうのである。

俳句の言葉は、読者の中で何度も読み返され、一つ一つの語は、連結と解体を、その都度繰り返す。その過程の中で、複数のイメージや、多彩な情感が生まれてくる。

ここで想起されるのは、外山滋比古氏によって、「修辞的残像」と名付けられた現象である。

映画が一つ一つは静止し、相互に少しずつ違った像のフィルムを一定の速度で映写すると、われわれに運動の錯覚を生ずる、その錯覚を利用したものであるのは周知である。この錯覚を残像という。言葉を「読む」に当って、姿のない牽引に感じ、非連続の言葉から動きを感じとる能力も、やはり残像作用の一種であると考えてよいであろう。

「修辞的残像覚え書」、『修辞的残像』みすず書房、昭和四十三年

外山によれば、俳句における切字は、この「修辞的残像」を作り出すための働きを持つという。言葉同士が切れという空白を介して残像を作り出し、制限された音数の中でも、複雑な情感や陰翳を生むことができるというのだ。このことは、芭蕉が、俳句の言葉は何度も反芻されるべきものであることを述べた「発句は行きて帰る心の味はひなり」(『三冊子』)の言にも、端的に表されている。

万太郎の句においては、「玉」から「花火」への連続は、たんに一句を構成する言葉同士というよりも、影響を与え合う関係にある。外山の言葉を借りれば「あとの方の表現がさきの方のユニットのもつイメジの残曳に遡行して行く作用がある」(同前)のであり、一句の末尾にある「花火」という言葉に目が触れたときに、再び読者の目は「玉」の字に立ち返り、夜空に打ちあがったときのみごとな円形や、「玉」と形容されるほどの美しさといったものを表出し得ているのだ。

ちなみに、川崎展宏に、

玉くしげ箱根のあげし夏の月　　展宏　『夏』平成2年刊

という、同じく「玉くしげ」の枕詞と「箱根」の地名を詠みこんだ句がある。これもまた、「玉」と「夏の月」との響き合いにより、直接的な関係性はないにせよ、満月として煌々と光る夏の月が

浮かんでくる。俳句という短い詩形で、言葉を最大限に働かせようとした結果、たまたま類似した内容の句が生まれた、と見るべきだろう。

さて、こうした言葉の共鳴・共振を生かした例は、万太郎句集の中から、いくらでも拾うことができる。

月の出のおそきをなげく田螺かな　『流寓抄』

この句の「おそき」はむろん、「月の出」に掛かっているのだが、同時に、田の泥を這う「田螺」という生き物の鈍重さの形容としても働いている。また、一句の要である「なげく」の主語が、作中主体（「われ」）であるのか、田螺であるのかも不鮮明で、それがなおのこと、「おそき」と「田螺」の共振作用を強いものにしている。そのために、月の出も遅いし、田螺の動きも遅いという、時間の流れそのものも緩慢になっているような、春の夜の妖しい雰囲気が醸し出されている。

きさらぎや亀の子寺の畳替　『流寓抄』

「湯島」と詞書がある。湯島天神男坂下にある天台宗の心城院（通称・湯島聖天）の境内には、亀を放流する池がある。万太郎の畏敬する泉鏡花が小説「湯島詣」の舞台としており、この界隈を気に入った万太郎は、心城院の近隣に住んでいたこともあった。では、「亀の子寺」の実際を知らなければ一句を読めないかといえば、そうではない。

この句の「亀の子寺」の「亀の子」は、可笑しみのある寺の名前というだけではない。実体としての「亀」や「亀の子」を想像させ、可笑しみのあるその名の寺には、おそらく亀がすむ池もあるだろうと思わせる。そして、「きさらぎ」の季語ともあいまって、その池の亀も、やがて冬眠からさめて活動し始めるころだろうと、予感させる言葉としても働いている。そうみると、すでにそこで「畳替」が行われているというのも、万物生動する春のさきぶれとして、いっそういきいきとした言葉として感得されてくるのだ。

煮大根を煮かへす孤独地獄なれ　『流寓抄以後』

「煮大根を煮かへす」は、あくまで料理という生活の一場面を切り取っているのであり、そこからの「孤独地獄」の内面とは、直接的には関係がない。だが「煮」と「地獄」という言葉から、読者はどうしても地獄絵で見るような釜茹での罪人たちを思い出して、この「孤独地獄」の骨の髄まで煮られるような苦しさに思い至るのである。

万太郎の句は、ごく平明な言葉から成り立っている。和歌や漢籍からの引用もきわめて少ない。にもかかわらず、読後の充実感がある。なぜなら、一つの語が、他の語と絡み合い、複雑な働きをしているゆえに、平明、単純な言葉遣いでも、「只事」に陥ることがなかったのだ。

緩急

ごまよごし時雨るゝ箸になじみけり　『これやこの』

「水戸街道にふるき茶屋旅籠にて」の前書が付されている。句の言葉を純粋に読んでも、家庭での食事というよりは、旅先で人の作った料理を食べている観はある。胡麻と胡麻を和えたしっとりとした質感に、はじめは乾いていた箸が、だんだん濡れてなじんでいく。むろんそこには、作者自身の、旅の座敷になじみはじめた心も重ねられているだろう。

内容は平明であるがゆえに、さらりと読み通せてしまうが、「時雨るゝ箸」という部分は思えば異様な措辞である。外に降る時雨と、いま自分が手にしている箸とは、本来なんのかかわりもないはずなのに、「時雨るゝ箸」と結び付けてしまっているからだ。この〝キメラ〟的な措辞を散文化してみると、「外には時雨が降っていて、その時雨の影響を受けたかのようにどこか冷たく湿った箸」といった感じになるだろうか。これだけの情報量を持つ内容を、七音におさめようとしたときに、散文では通じない緊縮表現が取られている。

たとえば、

　ごまよごし箸になじめる時雨かな
　時雨るるや箸になじみしごまよごし

などとしたほうが、強引な緊縮はなくなり、意味はとおりやすくなる。だが、興味深いことに、こちらの形にしてしまうと、まるで重機で地ならしされた土地のように、一句の印象が平板で、味気なくなってしまうのだ。

この違いは、どこからくるのか。

調べに留意してみよう。試みの改作案の方は、言葉の流れのどこにも約《つづ》まったり、あるいは緩んだりするところがない。読みやすいのだが、それゆえに、さらりと読み通せてしまって、心に残るところがない。

比べて、成案は、「ごまよごし」の五音の名詞でゆったりとはじまったあと、中七の「時雨るゝ箸」で、言葉を急に約めた表現がくることで転調し、そしてまた最後の下五では「なじみけり」と、余韻を醸し出す「けり」の切字とともに、伸びやかな調子で結末を迎える。緩から急へ、そして再び緩へ……と、一句の中で、緩急のめりはりがあるのだ。

こうして、言葉の流れを意識して万太郎の句に向き合ってみると、その魅力を大きく緩急の付け方が負っていることに気づく。

パンにバタたつぷりつけて春惜む　『これやこの』

「パン」「に」「バタ」と、上五には短い単語を三つ詰め込み、一句の中でもっとも音数を使える中七では「たつぷり」「つけて」の二つの単語に限り、まさにたっぷりと述べられている。そしてその流れを引き継いで、「春惜む」と落ち着いた響きで一句は閉じられる。この、緩急のめりはりのあるリズムによって、ナイフでもってパンにバターをさっと塗る軽やかさ、それから意識が外へ向かい、ゆっくりと季節の移り変わりを確かめている、作者の心の動きを活写しているのである。

人のよく死ぬ二月また来たりけり　『冬三日月』

この句は、口に出してみると、五七五のリズムにうまくあてはまらないで、言葉を詰め込んだ印象がある。特に中七は「死ぬ」「二月」「また」と畳みかけるように短い語が続き、「また」が下に続く意味を持っているので、性急さが際立つ。この語を詰め込んだ詰屈さで、通夜や葬式の続く二月の慌ただしさを思わせている。一転して、下五の「来たりけり」のきっぱりとした調子は、死という運命の容赦なさを読者に突き付けるだろう。

万太郎には、とにかく「けり」でまとめる句が多い。

新涼の身にそふ灯かげありにけり　『道芝』

春泥にうすき月さしゐたりけり　『ゆきげがは』
虹いでゝそらまめも茹であがりけり　『冬三日月』
蠅叩はなさぬ老となりにけり　「春燈」昭和23年

これを安易と見ることもできるだろう。「けり」は、意味や内容を持たない措辞であるから、ここでもっと他の情報を入れることも出来るはず、と考えるのも道理だ。だが、たとえばこの四句にあきらかなように、下五が「〜けり」になっているときには、上五中七に語が詰まっている。ただ流しただけのように見える「〜けり」のまとめ方は、緩急の「緩」とみれば、その必要性は確かなものだと納得がいく。

万太郎が、「緩急」のバランスをとるのに長けた作者であることは、たとえば「腸詰俳句」と評された中村草田男やその門下の中島斌雄の句と比較してみると、あきらかだ。

まさしくけふ原爆忌「インディアン嘘つかない」　中村草田男　『銀河依然』昭和28年刊
子へ買ふ焼栗《マロン》夜寒は夜の女らも　中島斌雄　『火口壁』昭和29年刊

「腸詰俳句」は、社会性俳句と呼ばれる戦後の俳句運動と密接に関係している。複雑化した人間社会の現実を切り取るのに、俳句の十七音は、あまりに短い。それがゆえに、言葉を可能な限り詰め込む必要があったのだ。

万太郎俳句は、むしろ、十七音の音数を、余裕をもって使っている。その証拠に、おりおり、無駄な言葉が挟み込まれるのだ。

たった十七音の俳句で、無駄な言葉を入れるのは、実に非効率というほかない。ただ、たとえば高名な、

古池や蛙飛びこむ水の音　　芭蕉

からして、「水の音」は無駄な措辞であるという指摘もある。「古池」と冒頭に水の存在を示す言葉がある以上、最後は「音」だけでじゅうぶんで、「水の」と断る必要はないというのだ。俳句の短さは他のジャンルに例を見ないのだが、実際には、その短い音数は意外にもたっぷりと使うことができる。

たとえば、万太郎の句では、

秋の雲みづひきぐさにとほきかな　　『春燈抄』

は、空の「秋の雲」と地の「みづひきぐさ」が遠く離れているのは自明であるから、わざわざ「とほき」と断る必要はない。しかし、ここで「とほき」ということで、ものをみな鮮明に見せる秋らしい天地の空気の清澄さや、作者自身の雲飛ぶ空への憧憬までが、詠みこまれているのだ。

土用波はるかに高しみえてきて　『春燈抄』

この句の「みえてきて」も、俳句は見ているものを詠むのが前提であるから、無駄な措辞のように映る。しかし、「みえてきて」ということで、はるかかなたから来る波への不安や、それをじっと見ている作者の只ならぬ内面まで偲ばれる。土用の海が荒れやすいことは常識であるから、むしろこの句は「みえてきて」の一語ではじめて生きたといえるのだ。

十七音の俳句の短さは、作者につねに緊張感を要求する。ここまで鷹揚に俳句の言葉を使う万太郎は、相当な胆力の在る作者だというほかない。

さて、ここまでは、調べの点から万太郎俳句の「緩急」を見てきた。調べの緩急は、〝耳〟で聞いたときの印象だが、〝目〟で見たときにも、漢字が多い部分は「急」となり、ひらがながおおいと「緩」となる。万太郎は、視覚効果にも周到な配慮をする俳人であった。

たとえば、冒頭にあげた「ごまよごし」の句を、もう一度、視覚的な効果から見てみよう。

ごまよごし時雨るゝ箸になじみけり

表記の上で、漢字を多くすれば、「胡麻汚し時雨るゝ箸に馴染みけり」となり、ひらがなを多くすれば、「ごまよごししぐるゝはしになじみけり」となり、全く印象を異にする。「時雨るゝ箸」と、言葉が詰まっている部分は、漢字にして、みごとに表記と調べの統一を図っているのである。

言葉のコストパフォーマンス

俳句は、名詞の文芸だといわれる。
小説や随筆などの散文とは異なり、叙述的、説明的な書き方を嫌う俳句の特性は、名詞を並べたときに、もっとも発揮されるからだ。

目には青葉山ほととぎす初鰹　素堂
奈良七重七堂伽藍八重桜　芭蕉
法医学・桜・暗黒・父・自瀆　寺山修司
夕風　絶交　運河・ガレージ　十九の春　高柳重信

など、古今の名句から、いくらでも名詞のみで成立させた作を拾うことができる。これらの句では、列挙された言葉同士の関連を示す言葉が、いっさい省かれている。そのために、相互の言葉の関連性を導き出すのは、読者に委ねられており、状況やストーリーはその脳裏に無限に広がっていく。

たとえば寺山修司の句からは、死へ駆り立てられる少年の危うい心理状況や、父殺しのストーリーが浮かび上がってくるだろう。

万太郎もまた、名詞の力をいかんなく発揮した句を残している。

ばか、はしら、かき、はまぐりや春の雪　「春燈」昭和27年

忍《のび》、空巣、すり、掻ッぱらひ、花曇　「春燈」昭和30年

一句目は、「ばか」の一語からはじまることが、まず目を引く。罵り言葉かと思いきや、続く「はしら」「かき」で煙に巻き、「はまぐり」に至って貝の名前づくしであったことに気づかされる。季語の「春の雪」でまとめることで、貝の身の白さや柔らかさが再現されている。

二句目は、どれも軽犯罪の名前で、「花曇」の季語から、花見のにぎわいに紛れて小悪党が悪さをしているのだろうと想像できる。どれも犯罪には違いないが、血なまぐさいものではなく、それらも含めて花見のにぎわいなのだと思わせられる。

こうした、類似性のある名詞を列挙する手法は、歌謡でしばしば用いられる「物尽し」に近いといえよう。

たとえば中世の歌謡を収録した『梁塵秘抄』には、

神のめでたく現ずるは
金剛蔵王はちまん大菩薩
西宮　祇園天神大将軍　日吉山王賀茂上下

遊女《あそび》の好むもの
雑芸　鼓　小端舟《こはしぶね》
おおがさ翳し　艫取女《ともとりめ》
男の愛祈る百大夫

などといったように、類似のものを書き連ねていく物尽くしの唄が見られる。万太郎の句も、こうした物尽しの唄の系譜に属するものだ。物尽しの唄では、最後に少しだけ意外なものが出てくるのが倣いだが、万太郎の句では、季語の「春の雪」や「花曇り」を置くことで、意外性を作り出している。加えて、「春の雪」「花曇り」という情感のある季語で、物尽しの唄につきものの遊戯性に歯止めをかけるという効果もある。

万太郎が直接的に影響を受けたのは、下町暮らしの中で耳になじんできた小唄や長唄や清元である。たとえば式亭三馬の『浮世床』に出てくる菓子屋の口上に魅かれ、それをもとに新町の浪花踊を書くこともあったようだ（随筆「あさぎまく」）。床屋を訪ねてきた菓子売りに、店の主人や客が、口上を述べてみろとけしかける場面である。

紅毛ようかん、本ようかん、最中まんじゅ、羽二重餅、いまさか渦巻、かのこもち、ぎうまん、葛餅、葛まんじゅ、かすてら、紅梅、浅茅餅、南京桜、水仙巻、ちうか、いが餅、うぐいすもち、薄雪饅頭、あべ川餅、(のどの奥までひょこひょこするのが)山椒餅、浅茅野鱗、狸餅、砧のちょいと巻あんころ餅……。

万太郎は『浮世床』の現代語訳を書いており、そこで知ったものだろう。こうした「物尽し」の名詞の列挙の、いちばんの効果と言えば、やはりその音楽性である。菓子売りの口上でも「ようかん」や「もち」の音の繰り返しが生み出す音楽性に、思わず口ずさみたくなるような楽しさがある。万太郎の句も、「ばか、はしら、かき、はまぐりや春の雪」はハの音がリズミカルに繰り返され、またA音が多用されている。「忍、空巣、すり、掻ッぱらひ、花曇」では、「あきす」と「すり」とスの音を連ね、「掻ッぱらひ」の音は鋭く、「花曇」でやわらかにまとめるといった風に、音調が単調にならないよう、周到な配慮がなされている。

名詞に加え、万太郎俳句に独特なのは、副詞の使い方である。

おもふさまふりてあがりし祭かな　『草の丈』

祭の始まる前に、夏の夕立が襲ってきた。「おもふさま」という副詞で、雨の降り方が尋常ではなかったことがうかがえる。本来は祭りの前に降る豪雨などは、鬱陶しいもののはずだ。思う存分という肯定的な意味を持つ「おもふさま」の語で、雨露に濡れて輝く街道筋の美しさや、いよいよこれからと気を逸《はや》らせる祭衆の覇気、ひいては作者の心の弾みまでもが感じられてくる。

夕空のまつたく澄めりさるすべり　　「春燈」昭和24年

「まつたく」は「澄めり」を強調した副詞で、一見するところ、百日紅と夕空の配合でじゅうぶんで、この強調は空転しているようにも映る。だが、百日紅は大樹であることが多く、背景に広がる夕空もまた大きく広がっていることが暗示されているとみれば、「まつたく」の強調にやはり意味があることに気付かされる。また、百日紅の咲く暑い夏の日の日暮が、「まつたく」澄んでいるということで、ようやく暑さの衰えてきた感動も含ませている。

めでたさは初湯まづわきすぎしかな　　『冬三日月』

万太郎の句に、「まづ」「すぐ」「はや」「まだ」など、時間に関係する副詞が頻出するのは、過ぎ去っていくものへの感度の高さを物語っている。この「初湯」の句で使われている「まづ」という副詞は、「まっさきに」という意味を担うと同時に、音調に張りを持たせて、それに見合う気分を伝える役割を負っている。「まづ」という二音が挟み込まれ、言葉のテンポが加速することで、湯が沸き過ぎたことすらめでたく思えてしまうような新年の気分の高ぶりが感じられるのだ。「でゞ虫にをり〳〵松の雫かな」（『春燈』昭和二十四年）における「をり〳〵」の四音の副詞は、逆に調べを弛ませることで、静穏な気分を伝えている。

これらの句における動詞は、「雨があがる」「空が澄む」「湯がわく」といったように、ごく当たり前の使われ方をしている。動詞に工夫を凝らすと、叙述の方に力点が置かれ、句がもたついてしまうからだ。それに比べて、「おもふさま」「まつたく」「まづ」の副詞の使い方は、一通りではない。それでいて、それぞれの副詞がぴたりと一句に嵌っているのだ。

万太郎の句は、他の俳人の句と比べて、意味の重なる言葉や、虚辞が多く、内容のある言葉が少ない。にもかかわらず、一句の読後感は、豊かなものを持っている。その理由の一つが、経済効率（コストパフォーマンス）の良い言葉の使い方をしている点にある。名詞の列挙によって、軽快な調べを創出し、背景を読者に想像させる。あるいは、動詞はさりげなく使いながら、動詞を修飾する副詞において、複数の意味と役割を持たせるようにする。万太郎の句が、十七音に勝る量感をもって迫ってくるのは、限られた言葉を最大限に生かしているからなのだ。

万太郎の時間意識

万太郎の句が、近代俳句の主流的な思想であった「客観写生」にとどまらないことは先に指摘したが、万太郎の句を絵画に準《なぞら》えることがためらわれるのは、瞬間の映像というよりも、動く映像が捉えられていることに起因する。

幌の紗のしばらくかかげる若葉かな　「文藝春秋」大正15年

「俥上」という前書が付されている。「幌」とは、人力車の幌だ。私たちの生活実感からは遠くなってしまったが、この情景は、自家用車に慣れた現代人にもじゅうぶん通じるだろう。幌の薄い布地は、やすやすと日差しを通す。日当たりのよいところを通っているときには、幌のうちも明るみをたたえていたが、茂った街路樹のあたりを通った時に、厚みのある若葉の集合によって、ふいに日の光が遮られる。見上げれば、幌の紗には若葉のみどりがかすかに透けているだろう。まるで映画のワンシーンのように、街角の情景がなめらかに写しとられている。「鳥かげのしきりにさすや暮の春」も、同趣の句である。春の暮れに、鳥の影が過ったということを、一回きりのこととしてではなく、「しきりにさすや」と、あえて時間の経過の中で捉え、春に浮かれる鳥たちの享楽を描き出した。

人のうへやがてわがうへ蛍とぶ　『冬三日月』

蛍狩りの情景である。近くにいた人の頭上を飛んでいた蛍が、ふっと向きを変えて、自分の頭上に飛んできた。「やがて」によって、蛍の緩慢な動きが、的確に把握されている。「物思へば沢の蛍も我が身よりあくがれ出づる魂かとぞ見る」という式子内親王の和歌にあらわされるように、「蛍」は恋心と切り離すことのできない景物であり、この句の「人」にもそうした含みがある。

こうした動く映像の句に特徴的なのは、時間の流れが詠みこまれているという点だ。しかし一方で、俳句の特質は瞬間を切り取るところにある、とする俳句観もある。

たとえば、ヨーロッパへの俳句の紹介者であった日本文化研究者のR・H・ブライスは、俳句は、「きわめて不思議な理由から特別な意味を持つ」瞬間を記録するとして（村松友次・三石庸子訳『俳句』二〇〇四年、永田書房）、「俳句的瞬間（ハイク・モーメント）」という言葉を世界の俳句界に拡げるきっかけを作った。

あるいは、加藤周一は『日本文化における時間と空間』（二〇〇七年、岩波書店）にて、日本文化の時間・空間意識は、端的に「『今＝ここ』に生きる」ことにあると定義した。加藤は芭蕉の「ほろほろと山吹散るか滝の音」「あかあかと日はつれなくも秋の風」「閑さや岩にしみ入る蟬の声」といった句を挙げつつ、「そこでは時間が停まっている。過去なく、未来なく、『今＝ここ』に、全世界が集約される」と述べて、瞬間に徹する日本的抒情詩の終着として俳句を位置付ける。

ブライスや加藤周一の見解は、現代においても、広く浸透している。俳句総合誌の老舗である角川書店の「俳句」でも、「大特集　今、この時を詠む！『瞬間』の切り取り方」（二〇一七年六月号）、「大特集　作句の極意に迫る！　名句が生まれる『瞬間』」（二〇一四年五月号）といったように、定期的に瞬間の切り取り方についての技法が特集されている。

近現代の俳人が、瞬間的な把握に拘り、時間の流れを詠みこむことに消極的なのは、明治初期の新傾向俳句運動への反省がある。

新傾向俳句では、当時の自然主義文学の影響のもと、現実ありのままを写し取ろうとする「無中心論」に行き着いた。

雨の花野来しが母屋に長居せり　　中塚響也

河東碧梧桐が、新傾向俳句のすすむべき例として挙げた句である。無中心論とは、特定の瞬間や対象を選択するという作為を排除するために、起こったことをそのまま読み込むことで、碧梧桐はこれを「真の写生」とみなした。この句では、雨の降る花野をやってきた人物が、離れの我が家へ帰るべきところを、母屋で思ったよりも長居してしまった、という一連の流れが、つまびらかに写しとられている。新傾向俳句の句が、響也の句に限らず、時間の経過を含むのは、ごく自然なことだった。

碧梧桐自身の句も、

相撲乗せし便船のなど時化となり　　碧梧桐
芒枯れし池に出づ工場さかる音を

といったように、「無中心」であろうとするがゆえに、時間の流れがおのずら詠みこまれることになっていった。「可及的人為的法則を忘れて、自然の現象其のまゝの物に接近する」「偽らざる自然に興味を見出す新たなる態度」（碧梧桐『續三千里』）を取る新傾向俳句は、いたずらに難解となっていき、結果として碧梧桐の俳句観は、ライバルであった虚子の「ホトトギス」ほどの支持を得ることはかなわなかった。

新傾向俳句の例は、俳句に時間を詠みこむことの困難を示しているだろう。だが、俳句が本当に瞬間を切り取る芸術かといえば、疑問が残る。俳句史をひもとけば、時間を詠みこむことに成功した例を、いくつも挙げることができるからだ。

夏草や兵どもが夢のあと　　芭蕉

には、眼前にしている「夏草」と対比的に、「兵ども」が戦っていた遥かな過去の時代が詠みこまれている。新傾向俳句の作と異なるのは、「や」の切字の働きにより、「夏草」の現在と、「兵ども」の過去とが、明確に分離して表現されている点だ。

加藤周一が、現在に特化した句の例として挙げている、

ほろほろと山吹散るか滝の音　芭蕉

にせよ、鳴り渡る滝の音を聞きながら、その中に山吹の散る音にもならない音を聞きとめているというのであり、「散るか」の自問には、しばし音に耳を傾けていた時間の流れがある。

俳句の短さが、時間とともに変化する対象の描写に向かないのは、確かである。だが、経過する時間の中で、端的に二つにイメージを示すことで、十七音の規矩の中でも、時間を表現することは可能なのだ。

冒頭に挙げた万太郎の句にせよ、「幌の紗のしばらくかげる若葉かな」では、「若葉によって翳らされた幌」を示すことで、言外に「明るく日の差していた幌」のイメージを浮かび上がらせ、二つのイメージの間に時間の流れを生じさせている。「人のうへやがてわがうへ蛍とぶ」の句は、よりわかりやすい。蛍狩りをともにしていた人の頭上の蛍と、自分の頭の上の蛍という二つのイメージが、「やがて」の一語で端的に結びつけられているために、説明的、散文的な印象を与えずに時間の流れが感じられるのである。

これまで挙げてきた句は、比較的現在に近い過去が詠みこまれていたが、万太郎の句には、もっ

と長いスパンでの時間を詠みこんだものもある。

種彦の死んでこのかた猫の恋　『久保田万太郎句集』
いづれのおほんときにや日永かな　『冬三日月』
吉原にむかし大火のおぼろかな　『流寓抄』

一句目の「種彦」は、『修紫田舎源氏』で知られる江戸後期の戯作者・柳亭種彦。怪しい声で鳴く恋猫を聞きながら、種彦を思い出しているという構図で、時間をはるかに隔てた二者を結び合わせたところに手柄がある。種彦と恋猫とは本来的に無関係であるが、種彦の戯作の通俗性と、恋猫の獣じみた欲望との間には、確かに通じる情感があり、種彦が猫に生まれ変わって情欲の物語を猫の鳴き声で唸っているような趣がある。

二句目は、「歌舞伎座、三月興業に、〝源氏物語〟を上演」との前書がある。大長編の恋物語を読みあげても足りるほどの「日永」であるという理知的な遊戯の句といえる。しかし、「日永」という季語が意味する時間の長さということを重く見れば、はるか王朝時代の恋愛叙事詩が現代も続いているかのような、今も昔も変わることのない人の色欲へのやるせなさを歎じた句とも取れる。

三句目の「むかし大火」とは、明暦三年の吉原の大火をさす。これにより日本橋萱屋町にあった吉原は浅草寺裏の日本堤に移り、新吉原は防火用のお歯黒溝を囲った作りになった。「おぼろ」には、かつての「大火」の記憶が遠ざかってしまったという意味も掛けながら、激しい熱を発する「大火」と、春のあたたかい日に生じる「おぼろ」とを対比させつつ、まるで「おぼろ」が吉原に今もくすぶっている残り火のように思わせている。

これらの句では、身体は現在に置かれながら、しかし心は過去へとさかのぼっている。もとより、万太郎はリアリズムとは縁が薄く、心の働きを重視する俳人であった。したがって、万太郎の中では、現在と過去とは、遠く離れたものとは限らない。これらの句では、現在と過去とが、親しい友人同士のように隣り合っている。

象徴的なのは、

うらゝかにきのふはとほきむかしかな　「春燈」昭和30年

という一句である。蕪村のよく知られた「遅き日のつもりて遠きむかしかな」（几董編『蕪村句集』）の句の本歌取りであることは明白だ。蕪村は、「つもりて」という語によって、本来は形を持たない時間を、厚みのあるモノとして具象化している。対して万太郎は、つい昨日の出来事でさえはるかな過去に思えるということで、蕪村の句を下敷きにしつつ、蕪村とはまったく異なる時間の感覚を表現している。はるかな過去が、今と重なることもあれば、ごく近い過去が、はるかな昔に思えることもある。万太郎の時間感覚の特異なのは、時間というものの曖昧さに向き合っているという点である。過去から現在へと直線的に時間は流れているというのが常識であるが、万太郎の句においては、時間とは不確かなものとして詠まれている。「猫の恋」「日永」「おぼろ」「うららか」と、はるかな過去を詠むときに、春の季語が使われていることも、興味深い。暖気によって意識がゆるむ春という季節が、時間の曖昧さに拍車を掛けているのだ。

さて、万太郎の時間表現の作例を見てきたが、時間を詠みこむということだけであれば、万太郎に限らず、すでに多くの俳人がそれを実践している。注目したいのは、万太郎が、とくに時間というものを主題とした俳人であったということだ。

万太郎が、しばしば時計を題材にしているのは、その一つの証拠である。

時計屋の時計春の夜どれがほんと　『久保田万太郎句集』

寒燈にすぎゆく〝時〟の足音あり　『これやこの』

秒針のきざみて倦まず文化の日　「春燈」昭和32年

一句目は、万太郎の代表句として、たびたび挙げられる作である。ここでも「どれがほんと」というところに、時間が曖昧なものであるという認識がうかがえる。時計屋で売られている無数の時計は、本来ならば同じ時間をさすべきだが、調整次第で、示す時間にわずかな誤差が生じる。たいがいの人間が気にも留めないようなその誤差に、万太郎は着目するのである。複数の時計のさしめす時間の差は、調整によって差が生じるという現実を超えて、本来時間というものは人の心次第で長くも短くもなり、一定の基準では測れないという真理を示している。精神の弛緩する「春の夜」であれば、なおいっそう、その差は拡大する。「どれがほんと」の軽妙な口語の陰に隠れているが、この句には興じる心とともに、不安の情のこめられていることを見逃してはならない。「どれがほんと」には、反語的なニュアンスがこめられているとみるべきなのだ。つまり、どれもが「ほんと」ではありえないというシニカルな認識が、この句を支えているのである。

二句目は、秒針の進むカチカチという音を、「〝時〟の足音」と捉えた。時間を擬人化することで、過ぎてゆく時の流れが、いっそう身近に感じられる。まるで早足の人に置いていかれるような不安感を託したのが、さむざむしい「寒燈」の季語だ。

三句目は、本来時計ではかりきれない時間というものを、ひたむきに刻もうとする秒針を生み出した「文化」というものの空しさを、「倦まず」の擬人化によって、戯画的に描き出している。

万太郎が、なぜ、俳句を自己の表現として、生涯手放さなかったのか。その大きな理由に、追懐の表現として、俳句が適切だったということがある。

万太郎の使用数の多い季語を順に見れば、「時雨、桜、秋風、寒さ、短日、梅雨、月、梅、雪、露」といったように、いずれも、時の移ろいやすさを体現する伝統的な象徴性を負っているのである。

第一位である「時雨」の句は、百九句に及ぶ。時雨は、京都のような盆地特有の、いきなり降ってすぐに止むという移り変わりやすい天気をあらわし、季語の中でもとりわけ無常迅速の思いを掻きたてるものである。「神無月ふりみふらずみ定めなき時雨ぞ冬のはじめなりける」(『後撰和歌集』)の読み人知らずの名歌で表わされているような時雨の「定めなき」さまを、人生と重ねて詠むのが習いであった。

万太郎の時雨の句では、たとえば、

青ぞらのみえてはかなき時雨かな　『吾が俳諧』

は、時雨の伝統的本意に則った句といえよう。

だが、万太郎の時雨の句の真骨頂は、次のような作にこそ発揮されているのではないか。

天ぷらをくふ間にはれししぐれかな　「俳諧雑誌」大正12年
しぐるゝや水にしづめし皿小鉢　『吾が俳諧』
燗ぬるくあるひはあつくしぐれかな　『これやこの』
肩に来る猫にも時雨きかせけり　『流寓抄』
すべては去りぬとしぐるゝ芝生みて眠る　『流寓抄以後』

いずれも、時雨の無常観を、あくまで日常の中で捉えているのが目を引く。たとえば古稀を自祝した「すべては去りぬとしぐるゝ芝生みて眠る」の句の「すべては去りぬ」は、時雨の持つ伝統的な本意に忠実なフレーズであるが、それを何でもない庭の「芝生」に見ているところに、あくまで日常身辺の中に時雨の情緒を落とし込もうとする意思が見て取れるのである。

芭蕉もまた、時雨の句が多く、その忌日が「時雨忌」と呼ばれるほどであるが、たとえば「旅人と我が名呼ばれん初時雨」といったように、時雨を旅の中で捉えている。てんぷらや酒を楽しんだり、猫と戯れたり、食器をつけ置きにしたりするいつもの日常の中で時雨を感じている万太郎とは、対照的な態度といえる。

時雨を特別なものとして扱わない万太郎の句は、伝統的な無常観を無視しているともいえる。しかし、時雨の無常迅速を日常の上に捉えているからこそ、かえって、その定めからの逃れ難さが感じられるのではないだろうか。やはり、これらの句は、「冬の雨」ではなく、「時雨」の句ならではの重みを持っているのだ。

ナプキンにパンぬくもれるしぐれかな　「春燈」昭和34年

この句などは、題材からして、古典的無常観とは程遠いようにみえる。だが、ナプキンに置いたパンもいつかはぬくもりを失って冷たくなってしまうというごく日常的な実感にも、やはり「しぐれ」が無常の思いを呼びおこさないではいられない。大上段に構えた表現よりも、むしろこうした気負いのない表現のほうが、時間の移ろいやすさを肌でちかぢかと感じられる。

古典的な無常観の表現については、鴨長明『方丈記』の冒頭における、次の一節が代表している。

ゆく河の流れは絶えずして、しかももとの水にあらず。淀みに浮かぶうたかたは、かつ消えかつ結びて、久しくとどまりたるためしなし。世の中にある人とすみかと、またかくのごとし。

とどまることのない水の流れに、いきてかえることのない時間を形象化させることで、日本文学における無常観の表現を代表する一節である。俳句でも、この一節の影響下にあるものは多く、たとえば、

磧にて白桃むけば水過ぎゆく　　森澄雄『花眼』昭和30年刊

という句は典型的である。「水過ぎゆく」はあきらかに『方丈記』の一節を踏まえ、時間の経過を表している。汁を滴らせる桃と、川の水という、ともに「水」で構成された二者ではあるが、傷みやすく乾きやすい「桃」の有限性との対比によって、川の流れ——すなわち時間の流れの無限性を浮き上がらせたのが眼目である。

万太郎にも、水の流れを詠んだ印象的な句がある。

古暦水はくらきをながれけり　　「春燈」昭和26年
ゆく年や草の底ゆく水の音　　『流寓抄』

短夜のあけゆく水の匂かな　　　同

「古暦」「行く年」「短夜」といったように時の流れの速さを実感させる季語とともに詠みこまれていることから、やはり『方丈記』さながらに、時間を水によって形象化した例とみられるだろう。だが、澄雄の句と異なるのは、これらの句における水が、あえて隠されているということだ。その水の流れは、「くらき」から聞こえてきたり、あるいは「草の底」にあり、あるいは「匂」のみ漂ってくるといったように、視覚的に封じられている。

なぜ、万太郎は水の流れを、あえて隠したのか。それは、さきほどから見て来たとおり、万太郎が時間を目に見える形で表わすことよりも、むしろ時間の曖昧さそのものに向き合っているためだ。蕪村の句を本歌取りした「うららかにきのふはとほきむかしかな」を取り上げた際に指摘したように、万太郎は時間の形象化には無関心であった。つまり、これらの句は、古典的な「水＝時間」の構図を踏襲しながらも、それが実は捉えがたいもので、音や気配のようなかすかなものとしてようやく感じられるものではないかという、伝統的な時間意識へのアンチテーゼとして差し出されているのだ。

物としてのかたちを借りなくても、これらの句における「水＝時間」の存在感が弱まることはない。むしろ、得体の知れない大きな力として、時間の流れは、いよいよ真実味を帯びて感じられてくるのである。

「古暦」の句は、年が移ろうと移るまいと、かかわりなく延々と流れ続ける暗渠の水に、凄味がある。「古暦」の紙の黄ばみや汚れは、暗渠の水のくろぐろと濁ったさまを思わせ、異様な迫力がある。人の気づかないうちに流れていく時間というものの本質に触れた畏怖のようなものすら感じさせる句である。弟子であった安住敦の句集に寄せた句として知られるが、むしろそれを離れ、時間という得体の知れないものを捉えた句として鑑賞した方が深みが出るのではないか。

「ゆく年」の句には「文学座、十周年を迎ふ」という前書があり、これを踏まえれば、陰に日向に長年力を尽くしてくれた劇団関係者への感謝の意を示した句となるだろう。そうした状況を離れたとしても、時間を主題にした句としてじゅうぶん鑑賞に値する。草に隠れてかすかな「音」を立てている流れは、ふだんは意識にのぼらないが年越しの際にふと思うのが時間の流れであるという真理を私たちに気づかせてくれる。「草原をゆく」では常套的だが、「草の底ゆく」としたことで、時間の流れの気づきにくさをいっそう強く訴えてくる。

「短夜」の句は、「季語の伝統にどう向き合うか」の項でも取り上げたが、時間という観点から見てみると、「あける」ではなく「あけゆく」という、より時間の経過を強調する表現になっていることからも、やはりこのすぐに消えてしまいそうな「水の匂」には、夏の夜の時間の短さが象徴化されているといえる。水の音や水の光ではなく、よりあやふやな「水の匂」であることで、まだ意識の定まらない明け方の時間感覚を的確に再現している。

万太郎の時間表現の句においては、時間の曖昧さ、定めがたさが主題となっていると指摘したが、それはひいては、そのようなあやふやな時間にとらわれているこの世の存在の頼りなさを浮き上がらせる。

燈籠のよるべなき身のながれけり　「春燈」昭和32年

亡くなった人の魂を乗せるのが「燈籠」であるが、ここでは「身」といっていることから、自分の身の上も重ねていることは明らかだ。水の流れ、すなわち時間の流れのままに、運ばれてゆく身を、「よるべなき」と直截に形容した。死者となった未来の自分が去っていく姿を、いままだ命ある自分が眺めているようで、常識的な時間感覚を揺すぶられる。

湯豆腐やいのちのはてのうすあかり　『流寓抄以後』

この名吟も、時の流れを実感する中で「いのちのはて」を感得したものであり、湯豆腐の前に座っている作者自身の寄る辺なさは、容赦なく人の命をすり減らす時間というものへの畏怖から来ている。

時の流れに、そしてその中で翻弄される人や生き物の命に、万太郎が敏感であったのは、時代の変化とともに、郷里の下町の風景が喪失していくのをまのあたりにした経験からきているだろう。また、火災や空襲に遭って家財を失ったり、息子や妻をはじめとする身辺の親しい人を亡くしたりといった経験が、諸行無常の思いを抱かせたことも、想像に難くない。それは、万太郎自身の体験や、彼の生きた時代をたしかに反映したものであるが、同時に、私たちの誰もが逃れ得ない時間の流れというものの本質に迫ったものともなっている。十七音の少ない文字数の中で、これほどまでに時間の異様で巨大な力を言い当てた例は、ほかにないだろう。

哀の人

芥川龍之介が万太郎俳句を「東京が生んだ嘆かひの発句」（『道芝』序文）と評したように、万太郎が抒情的俳人であることは、疑いの余地のないところだ。

万太郎自身も、自身の俳句が抒情詩であることを自覚していたのは、次の言葉からうかがえる。

——即興的な抒情詩、家常生活に根ざした抒情的な即興詩。——わたしにとつて「俳句」はさうした以外の何ものでもありえない。——と、はツきりさうわたしにみとめがついたのである。

『道芝』跋文

万太郎の句を抒情的に見せている表現上の理由のひとつに、感情表現の多用があげられる。とりわけ、「あはれ」という言葉は、万太郎の偏愛の語彙の一つであった。

春雪のあはれふりぐせつきしかな　「春燈」昭和24年

たかぐ〳〵とあはれは三の酉の月　『流寓抄』

更衣あはれ雀のきげんかな　『流寓抄以後』

ひもといた俳句史から「あはれ」を使った作例を拾うことはできるが、しかし万太郎ほどに屈託なくこれらの感情語を使った俳人は他に例を見ない。

たとえば、

花吹雪ふゞきにふゞくゆくへかな　「春燈」昭和21年

という句は、初案では「お夏・清十郎の恋の帯」という前書が付されていたが、後に改案し、

花吹雪あはれふゞきにふゞきけり　『流寓抄』

と、前書なしの独立した一句にすると同時に、「あはれ」という言葉を、あえて入れている。初案では、たびたび芝居の題材ともなるお夏清十郎の駆け落ちを、風に乗って去っていく花吹雪に喩えた句になっているが、改案の上で、「花吹雪」という現象そのものを詠んだ句となっている。では、そこで、なぜ「あはれ」の語を入れたのか。

一般的に俳句では、「あはれ」「さびし」といった感情語を入れない方がよいとされている。たとえば秋元不死男は「俳句もの説」を唱え、「事」よりも「物」の表現を俳句の特性とした（「俳句と

『もの』」、「俳句」昭和二十八年四月号）。秋元は、「俳句は或る人人がさうおもつてゐる以上に感情ではなく、体験」なのであり「体験とは既に知性でありませう」と、感情や主観に引きずられて一句が弛緩してしまうことへの警鐘を鳴らしている。そして実作においても、

少年工学帽かむりクリスマス　　不死男『街』昭和15年刊
終戦日妻子入れむと風呂洗ふ　　『万座』昭和43年刊

など、対象を「物」として捉え、感情的抽象的な用語を挟まない句を特徴とした。一句目は、働きながら学ぶ少年工の健気さ、哀れさを、「学帽かむり」のヴィジュアルで表わし、二句目は、戦後の幸福を「風呂洗ふ」行為で具象化させている。

一般的にはこうした具象化や、あるいは調べに乗せることで、感情表現を避けるのが俳句的方法とされる。

しかし、万太郎は「あはれ」を入れることを、躊躇っていないのである。

先に掲げた「花吹雪」の句について、まずは、音韻上の効果を指摘することができるだろう。「あはれ」を入れることで、「はなふゞき」「あはれ」とア音の明るさにはじまり、次いで「ふぶき」「ふぶき」のウ音が繰り返されるくぐもった音調に転じる。このことで、花吹雪のはなやかさと悲しさ、その両方が感じられるようになっている。

さらに、意味の上でも、「あはれ」が入ってくることは肝要だ。桜の花は、たちまちに散ってしまう。儚さを歎じるという点では、「あはれ」は常識的だ。だが、ここでは「ふぶく」という言葉を三回も用いていることからわかるように、ただ散るだけではなく、吹雪さながらに激しく散っている。つまり、ただ散るばかりではなく、それをさらに早めるかのように、凄まじく散り急いでいることへの「あはれ」なのである。ただささえ短い桜の命が、風によって、なお短くさせられている。自然の容赦ない摂理に対する畏怖を通した上での「あはれ」なのであり、古典的な散る花の「あはれ」とは、同じ言葉ながら、微妙にニュアンスが異なっているのだ。そこに、「あはれ」という言葉を使わないわけにはいかなかった必然性がある。

「詩は感情の氾濫ではなくて、感情からの逃避なのである」というT・S・エリオットの言葉を引くまでもなく（「伝統と個人的な才能」吉田健一訳）、本来は読者が感じ取るべき一句にこめられた感情を、作者があらわに言葉にしてしまうことは、一句の味わいを平板にしてしまうことになりかねない。だが、万太郎はそれぞれの感情表現の持つ一般的な意味合いを微妙に変えて一句の中に用いている。そのために、感情表現が詠みこまれていても、言わずもがなの無粋さを感じさせないのである。

水中花咲かせしまひし淋しさよ　『草の丈』

水中花は本来、涼しげな見た目を楽しむための玩具であるが、ここでは「咲かせしまひし」と、本意ではなかったかのように表現している点に、意外性がある。一句の締めくくりに「淋しさよ」とあるのは、咲かせてしまったことで、楽しみが失われてしまったことの淋しさであり、楽しみのために咲かせるものが、結果として淋しさにつながってしまうという倒錯に、深い嘆きがある。そしてその「淋しさ」とは、この世にある花々の命の短さ、そして人間の儚さにも届いているのだ。命を持たない水中花を通して、命あるものの短命を思っているというところに、アイロニカルな見方が認められる。

ひまはりのたかゞ咲ける憎さかな　　『冬三日月』

「ひまはりのたかゞ咲ける」までは、向日葵の生命力を讃えているかのようにも思われるが、下五で一転して「憎さ」というマイナスの感情が出てくることに、意表を衝かれる。日を求め、天を目指してどこまでも伸びてゆく向日葵の過剰さというものを、「憎さ」の一語によって的確に突いている。この場合の「憎さ」とは、ひたすら憎らしいというのではなく、その過剰さに半ば感心するような、苦笑いを誘うたぐいの「憎さ」であろう。また、この句に付された「老いらくの恋とよ」という前書を意識して読めば、老いてなお恋の活力の衰えないことについての、いささか閉口する思いが読み取れる。すでに盛りを過ぎた向日葵がなおも「たかゞ咲ける」さまには、こちらを怯ませるほどの迫力が感じられる。

死んでゆくものうらやまし冬ごもり　『流寓抄以後』

晩年、愛人の三隅一子を失った中で作られた句のうちの一つである。ほかには「何か言へばすぐに涙の日短き」「たましひの抜けしとはこれ、寒さかな」「何見ても影あじきなき寒さかな」など、この一連の作は抑えきれない悲嘆が漏れ出ている。掲げた句では、すでに生への執着を喪った人間の感慨が吐露されている。本来は忌むべき、避けるべき死というものを、「うらやまし」という憧れの対象としているのは、一般的な「うらやまし」の語の使い方とは隔たっている。「冬籠」は、単に冬の寒さを避けるという、歳時記上の意味にとどまらない。隠遁への憧憬が、この季語に刻まれている。

あぢきなき昼あぢきなく目刺焼け　『流寓抄以後』

「あぢきなき」とは、たとえば兼好法師が『徒然草』の中で、みずからの執筆活動を「あぢきなき手すさび」と呼んだような、無益さ、つまらなさということである。ここでは二回繰り返されることで、昼の気怠さというだけでは説明のつかない、人生そのものに疲弊した感慨を表現している。一子没後の万太郎の最晩年においては、この「あぢきなき」の感情が生活の基調をなしていたことが推察される。

最後に庶民的な「目刺し」が出てくることで、「あぢきなき」の深刻さは、いちおうは回避されている。とはいえ、「あぢきなき」の感慨が薄まったというわけではなく、むしろ「目刺し焼け」の戯画化によって、いっそう濃くなったといえるだろう。

＊

万太郎は、追悼句をたびたび作っている。そして、そのいずれにおいても、悲しみの気持ちを隠してはいない。

来る花も来る花も菊のみぞれつゝ　『ゆきげがは』
花にまだ間のある雨に濡れにけり　『冬三日月』
冬霧の夜のなげきとはなりにけり　「春燈」昭和33年
風鈴のつひにかなしき音をつたへ　「春燈」昭和34年

それぞれ、一句目は自殺した最初の妻、二句目は菊池寛、三句目は画家の木村荘八、四句目は歌舞伎役者の中村時蔵丈への追悼句であるが、誰に対しての追悼句としても通るだろう。一句目は、字余りと反復、そして献花を打ちつける「みぞれ」に、悲嘆の色があらわだ。二句目は、桜の咲くのを待たずに逝ってしまったことを惜しむ心を「花にまだ間のある」で端的に示している。三句目は、死によってもたらされた「なげき」の背景として冷たく暗い「冬霧の夜」を提示したことで、その嘆きの深さを婉曲に示している。四句目は、風鈴に耳を傾けていたときふいに「かなしき音」に聞こえたというのだろう。訃報を、電報や電話ではなく、風雅な「風鈴」の音によって捉えたところに、亡き人の人柄までしのばれる。

いずれも、直接的な感情が詠みこまれ、「みぞれ」や「雨」には涙を重ねていることが明らかだ。そのわかりやすさによって、死を嘆く思いが正直なものであることを伝えている。追悼句において、感情を抑制する技巧は、むしろ真意を曇らせることにもなりかねない。

宗教学者・山折哲雄氏は、日本の伝統的詩歌――とくに挽歌において著しい、悶えるような暗く重々しい情感を「湿った抒情」と名付けて、現代短歌からの喪失を嘆いた（『「歌」の精神史』中央公論新社、平成十八年）。山折氏は、俳句が「対象とのあいだに距離をおき、心情の沸騰や激発を極力抑制し、冷静に知的に対象を隈取る」ものだとして、現代短歌がそうした俳句の手法に近づいていると指摘している。だが、それはあくまで俳句の一面にすぎない。これらの万太郎の挽歌には、心情が包み隠さずに詠われ、確かに「湿った抒情」が息づいているのである。

弟子であった成瀬櫻桃子は、万太郎の戯曲作品、小説作品が、なぜ戦後にはふるわなかったかについて、「戦後文学の血みどろな様相に伍してゆくには、万太郎の小説・戯曲はあまりにも抒情濃厚であり過ぎたといえよう」（『久保田万太郎の俳句』）と分析している。万太郎の句が、小説や戯曲の忘れられていく一方で、評価されていったのは、俳句というジャンルが小説や戯曲ほどに時代の影響を受けず、伝統的な「湿った抒情」を持ち続けられたという理由がまず挙げられるだろう。そして、本来的に感情過多な万太郎の言葉は、俳句という制約を得てはじめて、適度な熱さと濃さに抑えられたのだ。万太郎と俳句形式との相性の良さは、感情表現からも見て取れる。

「あはれ」や「さびし」の感情を隠さなかった万太郎であるが、その俳句人生において、意識的に感情の抑制の痕跡が見られるのは、感情の昂揚が起こって当然という状況においての句である。

春の雪待てど格子のあかずけり　『流寓抄』

「二月二十日、耕一、死去」と前書がある。逆縁ほど辛いものは、この世にありはしない。しかし、ここでは悲しみの感情を、たちまち溶けてしまう「春の雪」の季語のあしらいと、「あかずけり」という厳めしい響きに託しつつ、一句の表面には、閉ざされた格子戸しか示されていない。耕一については、戦中にも「耕一応召」という前書を付して「親一人子一人蛍光りけり」と詠んでおり、ここでもたたずむ親子のそばを蛍が過ぎっていったという情景を淡々と示すにとどめている。親子の情愛が薄いということではない。むしろ、深い悲しみを語るために、意識的に抑えた筆致が取られているというべきである。

万太郎にとって感情表現は、レトリックの一つというにとどまらないで、万太郎自身の主題と密接にかかわっていた。万太郎があらわにする感情は、喜怒哀楽でいえば、「哀」が圧倒的に多い。そして、冒頭近くにあげた「花吹雪」の句や、追悼句に示されているように、時の流れとともに失われつつあるものをまのあたりにしたときに、その「哀」の感情は発動する。

生きてゐる気のなくなりし菫かな　『青みどろ』

厭世の気分を濃く漂わせるこの句に、万太郎はいみじくも「いたずらに言葉を弄ぶものにあらず」と前書を付している。そのとおり、万太郎の感情表現は、こけおどしや外連《けれん》ではない。有限の命を持つ人として生まれてきた宿命の自覚がもたらす呻きにも似た「あはれ」であり「さびし」であり「あぢきなさ」であり、万太郎個人の感情を超えたものだからこそ、読者はそこにふかい共感を覚える。そして、「生きてゐる気のなくなりし」という暗い述懐に、早春の冷たい風の中に凛として咲く「菫」の季語を配した万太郎の、ペシミズムをはねのけようとする心ばえに、励まされるのだ。

前書との照応

押井守監督のアニメーション「攻殻機動隊」は、人類が「擬体」と呼ばれる人工的な身体を手に入れた未来での犯罪捜査を描くSF作品で、まったく俳句とは縁がなさそうであるが、メディアミックスにより映画化された「イノセンス」（二〇〇四年公開）で、中村苑子の俳句を主人公の刑事がつぶやくシーンがある。

春の日やあの世この世と馬車を駆り　　中村苑子　『水妖詞館』昭和50年刊

「イノセンス」の舞台となる未来都市では、「春」の季節感は希薄なものの、都心のそこかしこで乱発する殺人事件を慌ただしく刑事たちが追うというシーンに、彼岸此岸の区別なく馬車で駆けまわっているさまを描いた苑子の俳句の組み合わせは、よく適っているといえる。苑子の句では「馬車」というレトロな乗り物が登場するのに対して、SF作品である「イノセンス」では、最新鋭の装備付のパトカーが活躍するという相違も面白い。また、生死を超越して躍動する自身の生きざまをテーマにした苑子の句が、現実と仮想現実との境目が曖昧になった未来を舞台とする「イノセンス」の主題に塗り変えられているところも、工夫されている。

俳句を「照応の芸術」と称したのは、俳文学者の横沢三郎氏であった（『俳諧の研究』角川書店、昭和四十二年）。前書、取り合わせ、連作の三つの例をあげつつ、横沢は、俳句においては異なる二者の間の照応によって創られた「美的情調の世界」が構成されるとし、その「世界」に芸術的価値をみた。その意味では、俳句とアニメ映画との意表を衝く組み合わせも、「照応の芸術」としての伝統に沿ったものとみることも出来るのだ。

そもそも、俳句は、連句の発句が独立したものであり、十七音で独立した世界を作るというよりも、付句以下の世界を導くものであった。また、『おくのほそ道』をはじめとする芭蕉の俳文では、散文と俳句との響き合いによる主題の深まりが認められるのであり、『春風馬堤曲』に代表される蕪村の俳詩では、連続する詩文を引き締める〝横糸〟として発句が機能しつつ一つの作品を練り上げている。俳句が、十七音単独ではなく、ほかの句や文章との関連性の中に置かれるということは、歴史的に見れば、けして珍しいことではないのだ。

だが、正岡子規が連句を否定し、また、高浜虚子が結社誌の体裁に合わないために連作俳句を否定したように、俳句は一句独立であるべきという考えも、近代以降は根強く存在する。

万太郎には、一句独立という観念はそもそもなかった、といっていいだろう。「市井人」「うしろかげ」などの小説では、登場人物が俳人ということもあり、物語に折々俳句が挟み込まれる。あるいは、句集においても、前書を多用する俳人であることは知られている。

万太郎の前書の付け方には、いくつかのタイプがある。第一のタイプは、一句の成立事情を、記録として付記しておくというものである。

向島
水鳥や夕日きえゆく風の中　『藻花集』

小石川後楽園にて
かはせみのひらめけるとき冬木かな　『久保田万太郎句集』

芝愛宕公園
桜落葉桜のふとき幹ならび　『青みどろ』

こうした句における前書は、あくまで記録的なものであり、特段の表現効果を持つものとはいいがたい。たとえば「水鳥」の句の前書は、万太郎が小説「春泥」の舞台にもした愛着ある向島だから付けたものだろうが、読者にとっては、それが水辺であれば、どこでもかまわないのである。俳句は「そのとき〴〵のいろ〳〵な意味に於ての心おぼえ」（『ゆきげがは』後記）と言っていた万太郎には、こうした覚え書きとしての前書も多い。ただし、一見記録のような前書であっても、句の内容をさりげなく補佐している場合もある。

北海道より帰りて
東京の月なる清洲橋の月　『青みどろ』

十七音単独では「〜なる」の古文調や「月」の繰り返しが大仰で上滑りしていると感じられるところを、前書によってはるか北海道まで旅をしていたことが知られることで、久しぶりに東京下町に帰ってきた喜びの表現として、説得力を持つようになる。

第二のタイプとして、俳句単独でもじゅうぶんに味わえるが、前書を踏まえることで、俳句のまた別の魅力が引き出されてくるという関係性がある。これは、蕉門の許六が「前書と云は其の句の光を添ふる事」(『篇突』)と述べているような、創造的行為としての前書といえる。具体例として許六が挙げているのは、「散る時の心やすさよけしの花　越人」という句に「僧別」という前書を付けることで、芥子の花のさっぱりとした散りざまを、僧の執着しない別れ方に重ねるという照応の例である。自然描写に、人事を重ねることで、句の奥行が深まっているのだ。万太郎の例を挙げてみると、

横山隆一君結婚披露宴席上
盆の月ひかりを雲にわかちけり　『春燈抄』

この句では、前書の「結婚披露宴」とあることから、新郎と新婦とを、月と雲の関係になぞらえていることがわかる。月が、そばに来た雲を照らすように、新郎は新婦に惜しみない愛情を注ぎなさい、というメッセージをこめているのだ。夫婦間の情愛を、天上の月と雲に置き換えたのには、鮮やかな飛躍がある。「盆」の季語は、披露宴があったのがその時節だったという当座的な理由もあるだろうが、親戚一同が集まった賑やかさを暗示していて、祝句としてめでたく仕上げるのに貢献している。

こうしたタイプの句は、前書が句を支えているというべきものだが、仮に前書がなくても、句はそれ自体で立っている。

万太郎には、前書がないと句意のつかめないタイプの前書はほとんどない。あくまで前書は一句の彩りであり、一句単独で成り立っていないものは、見られないのだ。

病む

枯野はも縁の下までつゞきをり　　『草の丈』

一句単独で読めば、冬枯れという自然現象の脅威――本来は及ぶはずのない人家にまで押し寄せる容赦なさを突いた句と読めるだろう。

前書の「病む」を意識して読むと、一句は病中吟であり、外界の枯野が、縁の下まで侵食しているということに、死の予感を嗅ぎ取ることができる。また、布団に伏せている作者が見えてくることで、その体のすぐ下にまで枯野が広がっているイメージが浮かび、より切迫感が生まれている。このような効果を、「病む」のたった二文字の前書きで達成しているのだ。

終戦
何もかもあつけらかんと西日中　『これやこの』

この句も、十七音だけで解釈するのならば、暑さによって人間の活力を奪う「西日」だが、たとえば建物や木々など風景の大方の事物は西日の影響などまるで意に介することなくそこにある、という人間的な視野の狭隘さを自覚させる句として評価されるだろう。だが、「終戦」の前書を得たことで、西日の暗示する暑い一日は、戦時下の過酷さを思わせ、ようやく訪れた西日の時に、人も景色もすべてがまだ苦しみから解き放たれたことに気づいていないような、終戦後の虚脱感の表現となっている。

文学座、十周年を迎ふ
ゆく年や草の底ゆく水の音　『流寓抄』

句を単独で解釈すれば、喧騒の内に過ぎていくはずの年末を、かくも静謐に捉えた句として、清新である。『方丈記』の「ゆく河の流れは絶えずして、しかももとの水にあらず」の冒頭部で知られるような、時間の流れを水の流れに喩える発想に立脚しつつ、ふだんはさほど気に留めないが確かに流れている時間というもののしたたかさを感じさせている。

前書を意識して読むと、文学座という一つの集団を支えてきたのは、目立つことなく働く無数の人間の存在であるというメッセージが読み取れる。草陰をゆく水の音さながらに、そうした影の人々の意志が、いかに純粋で、またしたたかなものであるかを訴えている。

こうした句の味わいは、たとえるならば、山の風景を味わうのに、遠くからみれば稜線の美を楽しむことができ、近くから見れば、そこに息づいている花々を楽しむことができるのと似ている。このタイプの句は、前書を無視して、余白の部分を自分で自由に埋めつつ味わうこともできれば、前書を踏まえて、より限定された状況で解釈することもできるのである。

そして、前書とのセットでも読めるし、単独でも読めるということは、一句が独立し、前書との緊張関係を保っているということだ。その緊張関係が、照応をより鮮烈なものにしている。

万太郎の句は、総じてシンプルであり、「余白」が多い。そのぶん、一つの解釈が、決定的になることはない。その意味で、万太郎の句は、前書という形式との相性が良いのであり、前書の可能性を広げた作家であったといえる。

その例として、三つ目のタイプを挙げたい。「イノセンス」が中村苑子の世界と照応したのにも似て、別作品との照応を試みるものである。

たとえば、木下杢太郎の詩の一節を掲げた句がある。

夕暮かたの浜に出て
二上り節を唄へば
昔もかく人のうたひ候と
よぼ〳〵の盲人がいうた。
さても昔も今にかはらぬ
人の心のつらさ、懐かしさ、悲しさ
——杢太郎

旅びとののぞきてゆける雛かな　『流寓抄』

杢太郎の詩は「石竹花」という詩の一部で、万太郎の重要なテーマであった、滅びゆくものを哀悼するということと通い合うために引用されたのは、容易に想像できる。

興味深いのは、「磯の石垣に／うす紅の石竹の花が咲いた。」という本来あるべき末尾の二行を、あえて略していることだ。

杢太郎は、夕暮の浜辺に出て、古く懐かしい三味線の歌をくちずさみ、世の趨勢をはかなんでいる。あまりに寂しい情景の中で、最後に「うす紅の石竹の花」を見出すことで、一抹の救いがある。

万太郎は、あえて石竹の出てくる部分を略し、かわりに、「雛」を示した。杢太郎の詩を知っている読者にとっては、「石竹」を「雛」に塗り替えたイメージの重複を楽しむことが出来る。「石竹」は色の派手な花であるから、「雛」の装いもまた、目の醒めるような華やかさであったことが想像される。そして、杢太郎の詩を知らない読者にとっても、陽気な「二上り節」と「雛」との照応から、華やかな芸妓の舞台が思われ、「雛」はまるでその女たちの化身として、そして「旅びと」はかつて花街でならした人物として、一つの物語を紡ぎ始めるのである。

思えば、「イノセンス」とのコラボレーションを果たした中村苑子は、高柳重信の「俳句評論」に参加し、前衛的立場の俳人として知られるが、その出発は、万太郎の指導する「春燈」であった。苑子の句の物語との相性の良さは、万太郎から流れ込んだものとも、言えるのではないか。

さて、別作品との照応の例でいえば、

ながれのきしのひともとは
みそらのいろのみづあさぎ
なみ、ことごとく、くちづけし
はた、ことごとく、わすれゆく

——アレン

花すぎの風のつのるにまかせけり　『これやこの』

も、忘れがたい。前書には、『海潮音』におさめられた上田敏訳詞のヴィルヘルム・アレント「わすれなぐさ」が掲げられている。ここでも興味深いのは、万太郎はあえて「わすれなぐさ」のタイトルを示していない。有名な詩であるから読者は当然知っているだろうということかもしれないが、やはり言葉として表されていないのは、表現上、重く見なければならないだろう。勿忘草という具体的な名前を出してしまうと、句の「花」の一字と、同じ花同士で衝突してしまう。もとの詩を知っている読者にとっても、あえて伏せられている方が、より勿忘草の存在感が強まるという効果もある。

アレントの詩では、浅葱色の花のほとりを流れていく「なみ」が示されているが、そこに桜の花が散ってしまったあとの「風」を加えたのが対照的だ。また、アレントの詩は、万物が流転していく哀切を、甘やかに詠っているが、万太郎の句では「まかせけり」として、それはそれとして開き直っている観がある。二つの作品が、同じことを言っていたのでは、照応にならない。前書で示された詩に、自身の思想や見解を加えて、自分の作品とする。そこに照応の妙がある。

あるいは、前書に万太郎自身の警句や、小唄が出てくるのも、独特である。

〽人をうらめば、人もまた、われをうらみて、しどもなや、月かげの、きえてあとなし、ゆめぞとも、いつふりいでゝ、関の戸に、いつつもりたる雪の嵩

しらぬまにつもりし雪のふかさかな　『流寓抄』

前書は、万太郎自作の小唄であろう。人の世の憎しみにとらわれた果てに、落魄した人物の哀切な心情がうかがえ、前書そのものが、魅力的な一つの作品になっている。最後の「いつつもりたる雪の嵩」と、添えられた俳句の「しらぬまにつもりし雪のふかさかな」はほぼ同じフレーズである。たとえば謡曲の「井筒」が、「夢も破れて覚めにけり　夢は破れ明けにけり」の反復で終わるように、類似のフレーズを繰り返すことによって、余韻を深める効果がある。

後の月には待宵もなく十六夜もなし
十三夜孤りの月の澄みにけり　　「春燈」昭和37年

江戸時代には十五夜と十三夜はセットで月見とされていたのだが、明治以降はすたれてしまった。十五夜は、満月前夜の「待宵」や、一日過ぎた「十六夜」まで、どこか特別な気分で修するのだが、もう一つの名月である約一か月後の「十三夜」は、その夜ばかりで、どこかうら悲しい。「十三夜」という習俗の寂しさを、短い言葉で言い当てた前書は、それ自体がウィットに富み、はっとさせるものがある。

この前書に添えられることで、俳句の「孤りの月」は、多重的な意味を持つ。十三夜という習俗の、十五夜に比べての孤独さと、それを仰いでいる自分自身の孤独とが、重ねられてくるのだ。そうした二重の孤独の重みが、下五の「澄みにけり」に至って、ふっと和らぐ展開が鮮やかである。たった一晩だけの、侘しい行事であり、またそれを修している自分も一人であるのだが、その孤独にとことん浸かることで、かえってさっぱりと浄化した気分に至っていることが、「澄みにけり」の一語に窺知される。

さて、前書の四つ目のタイプとは、文の切れ端のような、言い掛けのような言葉が掲げられたものだ。これも、万太郎に独特の前書きの付け方といえる。

ひそかにしるす

わが胸にすむ人ひとり冬の梅　『流寓抄』

ある日、あるとき……

一生を悔いてせんなき端居かな　『流寓抄以後』

こうした前書は、作句時の記録というのでもなく、また照応を狙ったものでもない。その働きは、一言でいえば、句を書いた主体の存在を、ほのめかすというものである。

たとえば一句目。ある人のことが胸の中をいつも占めており、それは寒中に咲く「冬の梅」が匂わせているように、健気で強い女性なのだろう。そこに前書の「ひそかにしるす」が加わることで、一句がいわば劇化され、ドラマ性を高めている。句を書き留めた存在が背景に立ち現れ、彼のストーリーが、俄然気になってくるのである。世界最短の短編小説というべき趣がある。

二句目は、端居という気楽さのうちに、自分の人生が間違いだったという絶望がふいに訪れたという句だが、前書の「ある日、あるとき……」によって、その唐突の感がいっそう強まり、句の作者の後悔する人生とは一体いかなるものであるのか、読者の関心を引きつける。

どちらも、一句に人間臭さを付与するという点で、自然描写を旨とする通常の俳句作家であれば、避けるところだ。そして実際、凡手であれば、前書の散文に、俳句が取り込まれてしまう結果になるだろう。こうしたさりげない前書の付け方ができるのは、散文家としての万太郎の技量というほかない。

前書のさまざまなヴァリエーションを生み出した万太郎だが、あくまで守っているのは、俳句の独立性である。一句だけでは意味を結ばない句を、万太郎は作ろうとはしなかった。それは、本業として散文の仕事をしていた万太郎だからこそ、句が散文に取り込まれてしまうことの危うさを熟知していたからだろう。実際、前書と句とを、ある緊張関係の下に置くことは難しい。ともすれば、前書句は前書に寄りかかり、あるいは前書は句の味わいを損ねてしまう。しかし、それを理由に、前書という伝統的形式を放擲するのがあまりに惜しいことは、万太郎の作品が何よりも雄弁に物語っている。

地名、人名

俳句という短い詩形が成立するために、季語という豊かな連想力のある言葉は欠かせない。「ほととぎす」とあれば、花橘の香る初夏の風景が浮かんでくるし、古代中国の蜀の王の魂の化した姿だとか、この世とあの世をつなぐ鳥だとかいった伝説もまた、この鳥の名を目にした者の脳裏に去来する。あるいは、「秋の暮」の季語からは、孤独感、寂寥感といった感情を始め、三夕の歌をはじめとする古典和歌が導き出されてくる。

地名や人名は、季語に並んで、連想力の強い語である。ゆえに、俳句において固有名詞は、季語に並ぶ働きをするといっていい。

「吉野」といえば、桜を連想する。義経と静御前の別れの場面も想起され、また、かの地に庵を結んだ西行の歌もいくつか口をついて出る。「姨捨」とあれば、田毎の月の美しさを思わずにはいられない。また、その名の示すとおり、棄老伝説の悲しみとも無縁ではありえない。

こうした地名の連想力が、季語の連想力と同様に、俳句にもたらす利点ははかりしれない。だが、季語の連想力が、多くの類型的表現を招くのと同様に、地名もまた、そのイメージに引きずられてしまえば、自由な表現を縛る足かせにしかならないのである。

新奇な表現を意図したときは独善的となり、伝統的な本意を守ろうとすると類型的になる。その二つのはざまに、俳人たちの苦悩がある。

しかし、万太郎の場合には、こうした苦悩をほとんど感じさせない。万太郎は、地名の持つ伝統的イメージに対抗するのでもなく、かといってそれをなぞるのでもない。万太郎の巧みな芸の力は、地名を扱ったときにも、発揮される。

　はつあらし佐渡より味噌のとゞきけり　「春燈」昭和33年

「佐渡」という地名から連想されるものはなんだろうか。なんといっても、順徳天皇や日蓮らの流された流刑の地といったイメージが強いだろう。世阿弥によってもたらされた能の文化もまた、佐渡の大きな特徴である。あるいは、江戸時代に発見され、多くの富をもたらした金山を思い浮かべてもよい。

そして、佐渡と言えば、俳人にとって大きな存在感を放つ名句がある。

　荒海や佐渡に横たふ天の河　芭蕉

『おくのほそ道』の旅で詠まれたこの句は、まさに流刑の地である佐渡の伝統を踏まえた、堂々たる名句である。名句は、俳人にとって大きな指針であると同時に、壁でもある。この作例があるために、むしろ俳句には詠みにくい地名といえるだろう。

しかし万太郎の句は、これらの一般的な「佐渡」のイメージに、囚われていない。佐渡の食文化としては、米や海産物を想起することはできるが、「味噌」を思い浮かべる人はほとんどいないはずである。ここに、万太郎の巧みなずらしがある。そして、「佐渡」と「味噌」という思いがけない二つを、思いつきに終わらせることなく、そこに必然があるかのように結びつける技にこそ、注目するべきだろう。

まず、佐渡の現地で味噌を賞味した、というのではなく、「とゞきけり」としている点が、重要である。小包で届いたということだが、宅配というのは、おおむね予想しておらず、急であることが多い。「けり」の切字には、佐渡の味噌が届くという事態が、想定外の出来事であった驚きが滲んでいる。そして、作者の得たこの驚きの感情は、読者の驚きとも重なってくる。「佐渡」と「味噌」という思いがけない組み合わせについて、作者が自明のものとしてしまっては、それは作者の個人的述懐にとどまり、読者は置きざりになってしまうだろう。「佐渡」と「味噌」という結びつきが、作者にとっても不意打ちで突きつけられたこと、予想もしていなかったということが、読者の立場や視線と合致しているからこそ、読者はこの組み合わせを無理なく呑みこむことができるのである。だからこそ、ここでは、プリミティブな「味噌」そのものではなくてはならない。味噌漬けでも煮込みでも、調理されたものでは、組み合わせが唐突すぎて、読者はついていけなくなってしまうだろう。

そして、思いがけない結びつきへの驚きをより強調しているのが、季語の「はつあらし」である。初嵐とは、秋の初めに吹く強い風のことで、台風など荒れ模様の秋を予兆する風である。肌にはっきりと夏の風とは異なる冷たさを覚えさせる初嵐は、佐渡から味噌が届いたことの唐突さに、よく符合する。そして、豊饒の季節である秋の到来を祝福する意図も、もちろん潜んでいる。

語勢の点でも、「はつあらし」と「とどきけり」は、うまく響き合っている。小包が人の手ではなく風に乗って届いたようでもあり、その奇矯なイメージに、ほのかなユーモアも漂う。また、「はつあらし」の「はつ」の字が、「味噌」のみずみずしさを伝えていることも、見過ごせない。

こうした入念な言葉選びの結果、芭蕉の「荒海」の句とは、まったく別種の名句が、ここに生まれた。芭蕉の向こうを張って、天と地を包み込むような壮大な一句をものそうとしたところで、その巨大な壁はびくともしないだろう。みじんも気負うことなく、「味噌」というありふれた食材をあしらったことで、かえって「佐渡」の新しい表情が照らし出された。すなわち、流刑の地、文化の地というだけではなく、土地の生活をしたたかに営む者たちがそこにはいる、ということに、気づかされるのである。彼らが自分たちのために作った味噌だからこそ、贈られたことが嬉しく、めでたさが倍加するのだ。

万太郎の地名の扱いの巧さを見るために、もうひとつ例を挙げてみよう。

かまくらをいまうちこむや秋の蟬　　『道芝』

「うちこむ」とは、攻め立てる、ということ。鎌倉攻めといえば、正慶二年（元弘三年）の新田義貞の挙兵により、北条一門が打倒され、幕府の滅びた「鎌倉の戦い」を思う。鎌倉は、仏教文化の栄えたゆかしき古都としてのイメージが強いが、ここではあえて滅びのときを切り取っている。秋の蝉の鳴き声を武者たちの時の声に喩えたところには滑稽感もあるが、それだけではない。「いまうちこむ」の覇気には、夏の盛りのけたたましい蝉の声が合いそうなものだが、ここではあえて「秋の蝉」にしている。それは、責められる方はもちろん、責める方もまたいずれは滅ぼされるのであり、ともに無常迅速の摂理からは逃れられないという、万太郎に特有の哀感が背景にあるからだろう。

高浜虚子に、

鎌倉を驚かしたる余寒あり　　虚子『五百句』

という、同じく鎌倉を詠んだ句がある。盤石な武家政権が築かれた鎌倉の地が、思わぬ余寒によって驚かされるという事態に陥ったという、滑稽味の強い虚子の句に対して、万太郎の場合には、むしろ哀感の方が色濃い。大正三年二月一日の虚子庵例会で作られたものであり、万太郎の句よりも成立は早いが、特に影響関係はないだろう。

いま、「佐渡」の句と「かまくら」の句を二つ見てきたが、これはどちらも厚みのある詠史を持った「歌枕」の地であり、季語と同様に豊かな連想力を持った、重みのある地名である。かといって、万太郎は伝統を無視しているわけではない。「佐渡」の句は、かつての流刑の地であったという歴史を意識しつつ、誰も戻ることのかなわなかったかの地からいまは「味噌」がやすやすと届く時代になったのだという感慨を含んでいる。「かまくら」の句も、もちろんその前提には、あまたの鎌倉文士を生んだ文化の香りの豊かな地としての鎌倉があるからこそ、「うちこむ」という風趣ある言葉が生きてくる（漢字ではなく「かまくら」というひらがな表記をしているところも、かの地の情趣をかきたてている）。地名の醸し出す意味や情感をなぞりつつ、わずかなひねりやずらしを加えているところは、季語の本意への向き合い方とも通底しているのである。

次に、人名を詠みこんだ句についてみていきたい。

芥川龍之介仏大暑かな　『吾が俳諧』

万太郎と龍之介は年も近く、震災後に移り住んだ田端では近所同士となり、句会などで頻繁に交流があった。その龍之介が昭和二年七月二十四日、自死した際の追悼句である。故人の名前を示したあと、自死した日がちょうど大暑の折だったことから「大暑」と付けただけで、ずいぶん手軽に作っているように見える。だがここには、「芥川龍之介」という長い音の名前だからこそ、そのまま詠み込めば仰々しい印象が出るという計算が働いているというべきだろう。そこにさらに「仏」をつけることで、さらに仰々しく、暑苦しい感じが出て、「芥川龍之介」の名に「仏」が付くことの違和感を打ち出し、その早すぎる死に納得のいかない思いを表明している。

地名の詠み方に比べると、万太郎の人名の詠み方は、その人物の人柄や人生に寄り沿うような態度が目立つ。万太郎の人間に対する愛情は、まっすぐで、揺るぎのないものだ。そして、たった十七音の短さの中でも、その人の特徴を簡潔に捉えていることに驚かされる。先に挙げた龍之介の追悼句も、漢字尽くめの字面の硬さや、「大暑」の季語が、神経質な龍之介の性質に合致しているといえよう。ほかにも、

泣虫の杉村春子春の雪　「春燈」昭和29年
周総理小春の眉の濃かりけり　「春燈」昭和31年
吉田五十八設計の春障子なる　『流寓抄以後』

などの句は、万太郎の人を見る目の鋭さを証明している。一句目は、「三月四日、岸田國士、『どん底』舞台稽古中に発病、翌朝六時十分、永眠」と前書がある。文学座の女優として活躍した杉村春子が、恩義ある岸田國士の死を悼んで泣いているというのだ。新派の女優としていくつもの当たり役を持ち、黒澤や小津といった監督に愛され、大女優となった春子を「泣虫」の一語で捉えたのは、意外でありながら、プライベートの彼女の感情豊かな面がうかがわれ、親しみが増す。二句目は、日本文芸家協会の文学代表団の一員として大陸に渡り、周恩来と面談した際の一句。文化大革命でも失脚することなく三十年近く首相の座にあった彼の胆力を「眉の濃さ」でずばりと形象化した。

三句目の吉田五十六は、数寄屋造りを近代化したことで知られる建築家。建築の一部である「障子」を「春障子」と捉えたことで、屋内に差しこむ柔らかな日差しが思われ、彼の調和と均衡のとれた建築空間を賛美する句になっている。

こうした句はいずれも、挨拶句として上質なものであるが、作品としてはいささか食い足りないきらいもある。万太郎のユニークなのは、名前の響きの面白さや勢いで一句を仕立ててしまうところにある。

ゆく雁や屑屋くづ八菊四郎　「鵙の贄」

蒟蒻屋六兵衛和尚新茶かな　「春燈」昭和31年

初場所やむかし大砲《おほづつ》萬右衛門　「春燈」昭和34年

一句目の「菊四郎」は万太郎が贔屓にしていた歌舞伎役者の尾上菊四郎、「屑屋くづ八」は彼の演じた黙阿弥「鋳掛松」の登場人物で、鋳掛屋の松五郎のところに屑八が鉄瓶の修理を頼みに来る場面からはじまる。「屑屋」という、失われゆく生業《なりわい》の名が、「ゆく雁」の季語とあいまって、しみじみと惜しまれている。

二句目の「六兵衛和尚」は落語の「蒟蒻問答」の登場人物。もともとは蒟蒻屋だった落ちぶれ者で、仏の事など何もわかっていないのだが、禅問答をふっかけてきた僧をのらりくらりといなしてしまう。新茶をいただきながら落語を聞いているのだろうが、酒好きの六兵衛和尚に新茶をすすめているような戯れが楽しく、物語の人物との心の通い合いが慕わしい。

三句目の大砲萬右衛門は明治時代の横綱で、二メートル近い長身だったため「大砲」という異名を取った。初場所を見ながら、なかなかの壮観ながらもさすがにかの大筒と呼ばれたほどの長身はいないと興じているのだ。「大砲萬右衛門」の素朴で伸びやかな呼び名が、新春を寿ぐ祝詞の文句ででもあるかのように聞こえる。

これらの句にあらわれてくる人名は、背景や物語を知っていなかったとしても、ユーモラスで味わい深い名前をくちずさむだけで楽しさがある。そして、これらの人名が、市井の人、もしくは市井の人に親しまれた人の名であることは、重く見たい。やがて人々の記憶から消え去っていく人の名が、万太郎の俳句の中では、音数をたっぷり使ってのびのびと、さも大人物であるかのようにおさまっており、そこにはおのずから、名もなき者にこそ尊さを見るという万太郎の人生観が滲み出ている。

言葉遊び

淡雪のつもるつもりや砂の上　『春燈抄』昭和21年

春になって降る淡い雪が、砂の上に降っている。たちまちのうちに溶けてしまうのが淡雪のつねであるが、ちょうど砂の上であったことで、うまくすれば積もりそうにもみえる。見ている側からすれば、所詮は儚い営みであることは明白で、それゆえに淋しい景であるが、どこか小さな生き物の無邪気さを愛でているようでもあり、楽しさもある。淡雪の降るさまを、擬人法的に「つもるつもり」と表したのが、一句の肝である。

そしてもうひとつ、「つもる」と「つもり」とが、「つも」の音の共通性を持って、並べられている言葉遊びの楽しさも、この句の魅力となっている。しかも、音の重なりは、言われなければ気づかないほどに自然で、洒落めかそうとする気配は、微塵も感じられない。たまたま似ている音が並んだだけのように見えるさりげなさは、しかし、たまたま生まれるはずはない。万太郎の技量あってのものといえる。

技巧を消すのが最上の技巧であるというのは、芸の世界でよく言われることだが、万太郎の句は、まさにその典型と言ってよいだろう。

もうひとつ、言葉遊びの例をあげてみたい。

うすもののみえすく嘘をつきにけり　『これやこの』

うすものは、夏用の衣服のことで、「みえすく」は、その薄い生地のことを捉えた言葉である。そしてその語が、「みえすく嘘」という慣用語に掛けられている。結果として、うすものを着た女性であろうか、あからさまな嘘をついて平気でいる、小憎らしい表情が見えてくるのである。この仕掛けは、読者の多くがそれと気づくように仕込まれているが、そうした賢《さか》しらが、むしろこの「うすもの」の女性の人柄を彷彿とさせるために、技巧の臭みは感じられない。言葉づかいと主題の見事な協調関係が成立している。

こうした掛詞の技巧は、和歌に由来し、俳諧でも伝統的に用いられてきた。

しほるゝは何かあんずの花のいろ　貞徳
はまぐりのふたみに別れ行く秋ぞ　芭蕉
秋立つと目にさや豆の太りかな　大江丸

一句目は、「杏」と「案ず」を掛けて、萎れている杏の花は何か憂うことがあるのだろうかと、美女の面影を重ねて興じたもの。二句目は、はまぐりの殻が「二身」に分かれることと、「二見」の地名を掛けて、身を分けるような辛さでさらなる二見への旅を重ねることの決意を述べたもの。三句目は、「秋来ぬと目にはさやかに見えねども風の音にぞおどろかれぬる　藤原敏行」（『古今和歌集』）の和歌の「目にはさやか」の文句に「さや豆」を掛け、目には見えないとはいうがこのさや豆はありありと実っているのではないかとパロディしたもの。

それぞれ、江戸時代の代表的な作者の句で、古俳諧では当たり前に使われていた技法であったが、近代俳句以降は、鳴りを潜めることになる。「月並み」の定義として、虚子をはじめとする子規派の俳人たちは「駄洒落」をまっさきにあげている。子規の提唱した「写生」による、現実重視の作り方では、知識や教養、理知の働きに基づく言葉遊びが、否定的に捉えられたのも道理であった。

庶民の文芸である俳句は、ともすれば高い詩精神を見失いやすい。そういうときに、俗受けする言葉遊びが流行するため、堕落の指標となる。だが、伝統的な言葉遊びの要素を、詩歌から一切捨て去ってしまうのは、あまりに惜しい。子規派とは別の流れを汲む万太郎の句に、言葉遊びの精神が脈々と息づき、秀句を残していることは、もっと見直されてよいのではないか。

万太郎の句が、先にあげた貞徳や大江丸の古俳諧と異なるのは、言葉遊びをしていても、ごくさりげなく、自然であるという点だ。ことさら技量をひけらかそうとする卑しさは、万太郎の句にはまったく認められない。

水打つやとべる子がへる孫がへる　「春燈」昭和32年

夏の暑い日の夕方、庭先に水を撒くと、舞い上がる埃とともに、草陰にいたカエルが驚いて飛び出してきたというのだ。現実的に考えれば、二匹のカエルの血縁関係を人間が看取することはできるはずもなく、小さなカエルと、それよりさらにひとまわりは小さいカエルが二匹飛んだというだけで、「子がへる孫がへる」は、作者が興じているに過ぎない。リアリズムの文脈でとらえようとするのではなく、調べで味わうべき句といえるだろう。「とべる」「かえる」と「える」の音が重ねられ、「みずうつ」の季語とも合わせて、全体的にウ音が多用されている。リズミカルな文体で、打ち水をすることで小動物と戯れているような楽しさを表出している。

くさゝれのくさめ三つや夏の風邪　『流寓抄以後』

立て続けのくしゃみの原因は、夏風邪というよりも、人に悪く思われているからだろうというのだ。「くさゝれ」という、人間関係の歪みを思わせるような語から句が始まりながら、「くさゝれ」と「くさめ」という音の似た語の並列といい、「みっつ」「なつ」の押韻といい、韻律は軽快だ。その落差が面白みにつながっている。

万太郎の推敲を見てみると、韻律上の細かな配慮がなされていることに気づく。

水打てる道の夕日のいま真面《まとも》　『いとう句会壬午集』
水を打つみちの夕日のいま真面　『これやこの』

たとえばここでは、「水打てる」がよいか、「水を打つ」がよいのかが検討されている。意味・内容の上では、寸分の違いもない。なぜ万太郎がその点にこだわったのかといえば、調べの問題と言うほかかないのだ。

一般的には、「てにをは」の助詞は省略した方が一句の調べは整うのだが、ここでは、「水打てる」から「水を打つ」に直したことで、むしろ助詞が増えている。「道」をひらがなの「みち」に開いているところからして、全体的に柔らかく、緩めの印象を持たせたかったというのが、万太郎の狙いであろう。微妙な差ではあるが、推敲後のほうが、打ち水をしてわずかな涼感の訪れた夏の夕暮れの寛いだ感じがよく出ているだろう。

岸釣やとかくに曇る二時三時　『久保田万太郎全句集』大正4年
岸釣やとかくに曇る一時二時　『藻花集』

「岸釣」は、岩礁の近くにいる魚を狙う釣りで、秋の季語になっている。「二時三時」がよいか、「一時二時」がよいか。ともに昼過ぎという点で、内容的にはほとんど差はないといっていいだろう。それでも万太郎がこうした点にこだわったのは、「二時三時」と「一時二時」の口にしたときの調子の良さで、「一時二時」の方に軍配があがったということだ。ほとんど余人にはわからないような差にこだわっているのは、韻律や音楽性ということに万太郎が相当に心を砕いていたからだろう。

推敲といえば、てにをはを直したり、よりふさわしい語を検討したり、語順を入れ替えたりと、意味や内容にかかわるものが専らであるが、万太郎は調べの推敲も怠っていない。万太郎俳句の口誦性は、容易に実現されているわけではないのだ。

芭蕉が「句調ととのはずんば、舌頭に千囀せよ」（『三冊子』）といい、その芭蕉の句の調べの良さを畏敬する蕪村が「三日翁の句を唱えざれば、口むばらを生ずべし」（『芭蕉翁附合集』）といったように、俳句における音律の重要性は古くから言われてきた。しかし、ふだんは意味や理屈が支配する現世で生活している我々は、つい、韻律や音楽性よりも、意味や理屈を伝える方を優先してしまう。韻文である俳句が、調子や響きを重視するということを、頭では分かっていながら、調べの快さというものに、価値を置くことをついおろそかにしてしまうのである。

万太郎俳句の底に、豊かな言葉遊びの精神があることは、次のような句にも明らかだ。

一句二句三句四句五句枯野の句　『これやこの』

いそまきのしのびわさびの余寒かな　『春燈抄』

サンマータイムサラリーマンタイムかな　「春燈」昭和25年
短日や小ゆすりかたりぶッたくり　「春燈」昭和27年

一句目は、枯野の句がどんどん湧いてきた、あるいは、選句中にたくさんの枯野の句を見たということだろう。具体的な状況を想像するよりも、枯野という荒涼とした印象の季語に対して、その句の数の豊饒さを、リズミカルな言葉で表現したのが、枯野の捉え方として新しい。二句目は、「isomaki」「sinobi」「wasabi」と、サ行の摩擦音がよく働き、鼻に抜けるわさびの香りと、冴え返る二月ごろの空気感を伝えている。三句目は、占領軍の統治下にあった昭和二十三年から二十六年まで限定的に日本で使われていた夏時間を詠んだ、珍しい句である。敗戦直後の暗さとは無縁に、「サンマータイム」を「サラリーマンタイム」と言い替えて遊んでいる。夏時間に左右されるサラリーマン生活に、一抹の哀れを覚えているのだろう。四句目は、「言葉のコストパフォーマンス」の項でも取り上げた、「ばか、はしら、かき、はまぐりや春の雪」「忍、空巣、すり、掻ッぱらひ、花曇」と同様の、名詞で畳みかけて、リズムで読ませる句である。前書には「世はあひもかはらぬ黙阿弥ばやりなり」とあり、黙阿弥の世話物さながらに小悪党が跋扈する世相を皮肉ったものだ。黙阿弥の『三人吉三廓初買』冒頭、著名な「大川端庚申塚の場」で、お嬢吉三にお坊吉三が名乗りをあげる際に、「ここが綽名のお坊さん、小ゆすり衒《かた》りぶったくり、押しのきかねえ悪党も一年増しに功を積み、お坊吉三と肩書の武家お構いのごろつきだ」というセリフがあり、「小ゆすりかたりぶッたくり」はここから取っている。「短日」を付けたのが万太郎の手柄で、ただらえ短い日を、さらに短くするようなゴタゴタを嘆いたものだが、言葉の調子が良いので痛快さすら感じられ、世の悪を糾弾するといった説教臭さを排している。

こうした万太郎の調子の良さが、下町に育ち、幼いころから花街で聞こえてくる小唄やはやり歌のたぐいに親しんでいたことから来ることは、想像に難くない。

たとえば、万太郎の代表句といえる、

神田川祭の中をながれけり　　「文藝春秋」大正14年

については、小唄の「川風」の文句が底に響いているのではないか。

川風につい誘われて涼み船　文句もいつか口舌して
粋な簾の風の音に　漏れて聞こゆる忍び駒
意気な世界に照る月の　中を流るる隅田川

とある歌詞の、月の光の中を流れる墨田川のイメージが、祭りの賑わいの中を流れていく神田川へと、万太郎の胸中で転換されたのではないだろうか(注)。流れるように心地よい調べが、この句を名句たらしめている理由の一つであるが、そこに涼み舟の三味線弾きの口から流れて出る歌が遠く響いていても、不思議はない。

この句の調べについて興味深いのは、「神田川祭の中を」で、意味の上では完結しているということだ。前述したように川は流れるものに決まっているから、下五の「ながれけり」は、蛇足に過ぎない。だが、上五中七の情趣の妨げにならないように、かつ、調べを整えてその情趣をより深めるような下五を考えたときに、やはり「ながれけり」のほかの言葉は見つからないのだ。「なか」と「ながれ」で頭韻を踏みつつ、「けり」という力強い切字で一句の声調を引き締めており、調べの上で見事に完成されている。省略を旨とする俳句で、あえてこうした言葉の無駄遣いをするというところに、万太郎の大胆さがある。

万太郎の大きなテーマに、時間とともに過ぎゆくものへの哀惜の心があることを、「万太郎の時間意識」の項で述べたが、それがただの嘆き節や愚痴に終わっていないのは、調べの良さがあるからだ。言葉遊びといっても、万太郎の場合には、それは軽快さのためだけではない。軽快さのうちに、重厚なテーマを潜ませるための、「高度な偽装」であったといえるのだ。

（注）ここの歌詞では、「中を」に、月の光の中を流れるという意味と、武蔵国と下総国の間を流れるという意味が掛けられている。

結論　万太郎俳句の未来

万太郎の句は、次の世代に、どう受け入れられていくだろう。

二〇一七年、十代から四十代までの若い世代の作品『天の川銀河発電所』（左右社）が刊行された。総勢五十四人のアンソロジーは、多種多様な作家を含み、一つの傾向というものは、たやすくは見えてこない。だが、編者である佐藤文香氏が「私たちの俳句、というものがあるとしたら、そのひとつの中心は、鴇田智哉になったと言っていいと思う」と発言している通り、世代を代表する作家をひとり挙げるとすれば、一九六九年生まれの鴇田《ときた》智哉をおいて、他にはないだろう。

西風は人の襟巻かもしれぬ　　智哉
上着着てゐても木の葉のあふれだす
うすぐらいバスは鯨を食べにゆく

西風が変化した冷たい襟巻。乾いた無数の木の葉に姿を変えた肉体。鯨の巨体をも呑みこむような不気味な古いバス。奇妙な手触りの言葉だが、もともとは単純な現実だった気配もある。たとえば、それぞれの句から想像されるのは、一句目は西風を首筋に吹かれている人が寒そうに襟をかきあげるところ。二句目は、木の葉の降る山を歩いている厚着の人。三句目からは、市場へ行くバスツアー。どれも、ごく日常的な眺めだ。

鴇田は、単純な現実を、複雑に書いている。そのために、中心的な価値観の見えない今という時代の気分に、肉迫している。

一方、万太郎は、複雑な現実を、単純に書いている。そのために、普遍的な詩情を持ちえている。鴇田の句は「実」から出発して「虚」に至っている。対照的に、万太郎の言葉は、「虚」から始まって「実」に着地している。そのように言い換えることも出来るだろう。

鴇田の世代にとっては、万太郎の句は、縁遠いものとなっていくのだろうか。

時計屋の時計春の夜どれがほんと　　万太郎

この一句もまた、若い世代にとっては、旧世代の遺産と映る。そんな時代が、来るかもしれないのだ。

いや、そう結論を出す前に、ここでもう一度、この句について、考えてみたい。序論で示した問いに、答えを出してみたいのだ。すなわち、「どれがほんと」「なにがうそ」の問いかけの果てに、万太郎が得たものとは何か、という問いである。

それを考えるにあたって、この句で「時計」というものが題材に選ばれていることを、まず心に置きたい。

本編の「万太郎の時間意識」の項で指摘したとおり、万太郎にとって、時間は一つの大きなテーマであった。万太郎にとっては、時間は得体の知れない、つかみがたいものであり、一定であると考えられている時間すらも、あてにはならない。

日本の古典文学に受け継がれてきた無常観というものがある。すべてのものは、一瞬たりとも同じではいられないという思想であるが、そこでは、時間というものが一定の速さで流れるということだけは、信じられている。

大晦日定めなき世の定めかな　　西鶴

「定めなき世」であっても、時間は流れ、「大晦日」はやってくる。そして、掛売の清算を求められるわけである。井原西鶴のこの一句は、笑いの中に紛らせているが、無常というものの本質を突いている。

万太郎の句では、「時計」という、一律であるべきものですら、「春の夜」の朦朧とした雰囲気の中で、一律でなくなっていくという。その根底にあるのは、正確な一つの時間を決めることなどかなわないという認識だ。「どれがほんと」といっているのは、「どれもほんとではない」ということがわかっていながらの、醒めた戯れなのである。

そういう意味では、万太郎は、きわめてシニカルな作家であり、まことに恐しい真理を、ここで述べているのだ。

はるかな昔のことが、昨日のように感じられることもある。逆に、昨日のことが、ずっと昔の事のように思えることもある。長い時間を、一瞬で感じることもあれば、永劫に感じられるような一瞬もある。時間は伸び縮みするのだ。それは、体感として誰もが知っていることだが、それを深く内面化し、真理にまで突きつめたのが、万太郎という俳人であった。

時すらも一定でないとすれば、私たちは、他人と一緒に過ごすということも、本質的にはかなわないことになる。それぞれに流れる時間が、違っているのだから。息子・耕一を逆縁で亡くし、二度の結婚の失敗の末に得た三隅一子という伴侶を唐突に亡くしている万太郎は、このことを身にしみてわかっていたはずだ。

そして、ずっと先だと思っていた自分の「死」までの時間が、あっという間に縮まってしまうことも、あり得るのだ。

実際、万太郎の「死」までの時間は、大幅に削られてしまうことになる。招かれて行った梅原龍三郎邸の祝宴での、赤貝の寿司の誤飲。それが万太郎の死因だった（戸板康二「その結論」、『久保田万太郎』文藝春秋、昭和四十二年）。

万太郎の生涯とは、時間というものの定めがたさを、証明するようなものではなかったか。

だからこそ、万太郎は言葉に掛けた。ただの言葉ではない。嘘を誠にするような、力ある言葉を求めた。そのために、俳句の定型の力を、恃みとしたのだ。定めがたい存在と時間を、十七音という定型は、一つの形にして見せてくれる。

「春の夜」の句が、独特の弾むような文体で、明るい口語を使っていることも、重く見たい。万太郎の句は「あはれ」が基調になっているのは確かだが、ここでは「あはれ」の情は底に沈んでいる。

小林智昭氏は、日本文学に表れる無常観は「一つのれっきとした世界観というには余りにも情緒的であり、詠歎的な傾向が強い」と指摘し、あえて仏教思想と区別して「無常感」と呼ぶ（『無常感の文学』弘文堂、昭和三十四年）。万太郎の句も「無常感」の文学といえるが、この「春の夜」の句に特筆するべき価値があるのは、情緒を乗り越える、ユーモアの力が横溢していることだ。「どれがほんと」かわからない世界の、そのあやふやを、陽気を装いつつ積極的に引き受けていこうとする力強さを、この句は秘めているのである。

「余技」「心境小説の素」と言いながらも、俳句が、万太郎にとって欠かすことのできないものであった理由は、そこにあるのではないか。小説、戯曲の中で、万太郎は繰り返し、古き良き浅草の喪失を嘆く。「無常感」に没入する。しかし、「無常感」を超える力を与えたのは、俳句という定型詩であった。

もちろん、定型の力だけではない。それに加えて、万太郎には言葉の〝芸〟の力があった。この二つの力を合わせたときに、嘘は誠になる。つかみどころのない存在と時間とが、一句に定着されるのだ。

この本の中でも、万太郎の表現の巧みさについてはいくたびも触れてきたが、ここであらためて一句を例示しよう。

双六の賽の禍福のまろぶかな　『流寓抄』

万太郎の〝芸〟の力が、如何なく発揮された一句である。前書には「昭和三十年を迎ふ。……鎌倉に住みて、あゝ、つひに十年……」とある。終戦の年、空襲で家を焼け出され、鎌倉に疎開してから、そのまま十年を経てしまった。前書の「……」で省略された部分を埋めようとすれば、どれほどの字数が必要となるだろうか。その間にあったさまざまの出来事を「禍福」の一語で表わしてしまった。巧いのは、直接に自身の「禍福」のこととしないで、あくまで「双六」の紆余曲折に託しているところだ。そこに万太郎の「虚」がある。「実」と「虚」のはざまに、人の世の移ろいやすさという「誠」を浮かび上がらせる。「まろぶ」という軽妙な語で、一句が重くなり過ぎないよう、配慮しているのも、隙のない作り方だ。

虚は、ただの絵空事ではない。虚が真実を照らし出すこともある。そのためには、定型の力を最大限に引き出し、季語をはじめとする言葉の力を、恃みにするほかない。

それは、俳句という舞台にあがる以上は、現代の若者にとっても、変わることはない。万太郎の言葉の〝芸〟は、その意味で、いつの時代においても、参照されるべきものだ。むしろ、混沌とした時代であるがゆえに、意味あるものを作り出す〝芸〟の力は、いっそう求められているともいえる。
〝芸〟が、〝芸〟の披露のためだけに使われるほど、空しいものはない。万太郎の芸の力は、たえず変化してゆく存在と時間を十七音につなぎとめるためという、明確な目的を持っていた。だからこそ、ただの〝巧い俳人〟で終わらなかったのだ。

＊

だが、ここで、一つの疑問が出てくる。万太郎の句が、存在と時間に形を与えるものであったとすれば、あまりに簡素に過ぎないか。

秋風や水に落ちたる空のいろ　『草の丈』

この句には、長い前書が付けられている。
大正十二年九月、浅草にて震災にあひたるあと、本郷駒込の縷紅亭に立退き、半月あまりをすごす。諸事、夢のごとく去る
関東大震災という凶事。家の全焼。そのあとの、仮住まい。その思いを述べようとすれば、何百字あっても足りないはずだ。しかし、十七音の定型に収められた言葉は、素っ気ないほどに簡潔だ。秋風が吹いている。そして、地面の上には、青空を映した水がある。これは、断片のようなもので、

その時を写したものとしては、不十分なのではないか、という疑問が湧いてくるのだ。

たとえば「境涯俳句」といわれるものと、万太郎の句は、あきらかに異なっている。「俳句は私小説」と断じた石田波郷の次のような句は、境涯俳句の典型といわれる。

雁や残るものみな美しき　　波郷『病雁』昭和21年刊
七夕竹惜命の文字隠れなし　　『惜命』昭和25年刊

一句目は、応召の時の感慨。二句目は、肺の病と闘う日々の中で生まれた。波郷の句は、波郷自身の生の記録である。そこには、波郷の感情や思考が、色濃く刻まれる。まさに、七夕の笹に隠れようもなくある短冊の文字のように。

だが、万太郎が書こうとしたのは、記憶なのであって、記録ではない。このことには、よく注意しなくてはならないだろう。誰と合った、誰が死んだ、どこへ行った、という記録は、詩にはならない。こうした現実的な記録は、万太郎は前書に任せてしまっている。このことで、万太郎の句は、記録であることから解き放たれて、記憶の器たりえたのだ。

プルーストの『失われた時を求めて』の主人公が、紅茶に浸したマドレーヌの香りから、幼少期の記憶をよみがえらせたように、万太郎が一句に定着させているのも、香りや空気感に近いものだ。そして、記憶という曖昧なものに誠実に向き合ったとき、何百字を費やした説明よりも、端的に示された感覚の方を選び取るというのは、ごく自然な態度だといえる。

私たちの心が、その時間の記憶として持っているものは、起こったことそのものよりも、ふっと見かけた何気ない眺めだったということは、しばしばありはしないか。その時の事実とは何の脈絡もなく、しかし不可分に結びついた、風景や感覚の記憶だったりはしないだろうか。

万太郎の句では、「水に写りし空のいろ」ではなく「水に落ちたる空のいろ」と虚を混じえることで、水の上に広がる空の静かさを伝えている。「落ちたる」には、心理的な鬱屈も垣間見える。そして、静かな水面の空は、「秋風」によって、ときおり破られる。冬の風ほどではないが、肌のぬくみを奪う感覚もあるだろう。散文によっては書き得ない、どうしもない切なさや虚しさが、たとえ前書がなかったとしても、この句には確かに書き留められている。

「どれがほんと」「なにがほんと」と問いかけ続けた万太郎。その問いかけの末に見出した「ほんと」とは、つかみどころのない、曖昧な記憶であったというのが、私の結論だ。

はっきりしない空気感を書くという点で、冒頭に挙げた鴇田の句と、万太郎の句は、時代を超えた符合を果たす。それは、時代の流行や、個人の資質を超えた、俳句というものの持つ一つの本質的特徴であるといっていい。だが、鴇田の句が、たとえるならば夢に似た質感であるのに対して、万太郎の句は、確かな実感を持った記憶なのであり、そのために、源泉である浅草にとどまらず、〝より遠く〟〝より広く〟届く言葉になり得ている。

確かなものなど何一つないというシニカルな認識の果てに、不確かで感覚的な記憶こそが唯一の真実であることに辿りついたのは、逆説的といえよう。そして、不確かなものを確かなものとして読み手に伝えるという、刃の上を渡るような危うい試みを実現することができたのは、引き出した定型の力と、自身の言葉の〝芸〟の力とあわせもった、久保田万太郎という俳人であるからこそ、はじめて可能だったのだ。

嘘を誠に変える万太郎の句は、時代を超えて、燦然と輝き続けるだろう。

久保田万太郎　略年譜

一八八九（明治二十二）年
十一月七日、東京浅草で、父勘五郎、母ふさの二男として生まれる（兄と姉は夭折）。祖母千代に愛育される。

一八九五（明治二十八）年　6歳
東京市立浅草尋常高等小学校入学。

一九〇三（明治三十六）年　14歳
三月、高等科四年を卒業。四月、東京府立第三中学（現在、両国高校）入学。文学書に親しむ。二年後れて芥川龍之介入学。

一九〇六（明治三十九）年　17歳
三月、四年進級の際、数学の成績が悪く落第。三田の慶應義塾普通部三年に編入する。

一九〇九（明治四十二）年　20歳
三月、普通部卒業。家業を継がせようとする両親を祖母千代が説得し、大学予科に進む。この頃より、同級の大場惣太郎（白水郎）と共に俳句を作り始め、後に松根東洋城に師事する。

一九一〇（明治四十三）年　21歳
慶應義塾文科主任教授に永井荷風が教授として赴任し、五月「三田文学」創刊。この頃、水上瀧太郎、澤木四方吉、小泉信三らを知る。

一九一一（明治四十四）年　22歳
四月、父に秘して本科に進む。はじめての小説「朝顔」が「三田文学」六月号に掲載され、「東京朝日新聞」で小宮豊隆が取上げ、中村星湖と小宮との間で論争となる。「三田文学」七月号掲載の戯曲「遊戯」が島村抱月に賞賛され、懸賞応募の「Prologue」が小山内薫選で「太陽」七月号に掲載され、一躍新進作家となる。

一九一二（明治四十五・大正元）年　23歳
二月、籾山書店より小説・戯曲集『浅草』を処女出版。十月、生田長江の紹介で泉鏡花に会う。

一九一四（大正三）年　25歳
四月、慶應義塾大学部文科卒業。十月、田原町の生家を銀行の手に渡して駒形六十一番地に転居。十二月、妹はる没。

一九一六（大正五）年　27歳
二月、永井荷風が慶應義塾を去り、荷風不在の「三田文学」を澤木梢、水上瀧太郎とともに継承を決議。この年の秋より俳誌「句楽会」に小山内薫、吉井勇とともに参加する。

一九一七（大正六）**年** **28歳**

二月、失恋、磯部温泉に旅行する。十月、祖母千代没。

一九一九（大正八）**年** **30歳**

前年、火事のため、浅草北三筋町十四番地に転居。四月、慶應義塾大学嘱託として、文学部予科の作文を担当（大正十五年まで）。六月、大場惣太郎養女、京と結婚。

一九二一（大正十）**年** **32歳**

三月、市村座にて泉鏡花「婦系図」を改訂・初演出する。八月、長男耕一生れる。

一九二三（大正十二）**年** **34歳**

関東大震災で家が焼け、牛込区南榎町（現、新宿区）に仮寓した後、十一月、市外日暮里渡辺町筑波台一〇三二番地に家を持ち、はじめて親子三人の生活に入る。

一九二六（大正十五・昭和元）**年** **37歳**

一月、新潮社より「現代小説集『久保田万太郎』」を刊行。六月、日暮里二〇八九番地諏訪神社前に転居。十月、久米正雄とともに東京中央放送局嘱託となる。

一九二七（昭和二）**年** **38歳**

一月から五月まで戯曲「大寺学校」を「女性」に連載。五月、友善堂（籾山書店）より処女句集『道芝』刊行。七月、芥川龍之介自殺。

一九二八（昭和三）**年** **39歳**

十一月、小山内薫の築地小劇場にて「大寺学校」（青山杉作演出）上演。十二月、小山内薫急逝。

一九三一（昭和六）**年** **42歳**

八月、東京中央放送局文芸課長（後に演芸課長兼音楽課長）となる。この頃、牧野信一、河上徹太郎、井伏鱒二を知る。放送の仕事とともに、創作・脚色・演出に取り組む。

一九三三（昭和八）**年** **44歳**

四月、春陽堂文庫『わが俳諧』刊行。

一九三四（昭和九）**年** **45歳**

四月、いとう句会誕生し、晩年まで指導を続ける。五月、文体社より句集『もゝちどり』刊行。六月、長男耕一通学の便のため、芝区三田四国町二十六番地（現、港区）に転居。

一九三五（昭和十）**年** **46歳**

五月、文体社より句集『わかれじも』刊行。十一月、妻京自殺。妹小夜子を呼び、長男耕一との三人の生活をはじめる。

一九三六（昭和十一）年　47歳
一月、芝区三田小山町一番地に転居。八月、双雅房より句集『ゆきげがは』刊行。九月、三笠書房『泉鏡花読本』を編著。十一月、亡き妻を偲ぶ「可哀想な彼女」「引越しのこと」「萩」を収録した『一周忌記念』を双雅房より非売品として上梓する。

一九三七（昭和十二）年　48歳
九月、岸田國士、岩田豊雄とともに、文学座を創立したが、日支事変に出征した俳優友田恭介が十月に戦死したため、第一回公演延期。

一九三八（昭和十三）年　49歳
一月、文学座第一回公演「四月尽」を神田錦橋閣で上演。八月、東京中央放送局を辞す。

一九三九（昭和十四）年　50歳
三月より、泉鏡花「歌行燈」の戯曲化を試みるが未発表。九月、泉鏡花没。

一九四〇（昭和十五）年　51歳
三月、水上瀧太郎没。十月、小村雪岱没。この年、「婦系図」「白鷺」「歌行燈」等、鏡花作品の演出多し。

一九四二（昭和十七）年　53歳
三月、日本文学普及会より第四回菊池寛賞受賞。五月、三田文学出版部より『久保田万太郎句集』刊行。

一九四三（昭和十八）年　54歳
十一月、岡鬼太郎の後任として日本演劇社社長に就任。歌舞伎座にて芭蕉没後二百五十年記念のため、高浜虚子作「嵯峨日記」を演出。十二月、演劇視察のため約一カ月上海に滞在。

一九四五（昭和二十）年　56歳
三月、芝区三田綱町一番地に転居。五月二十四日、空襲のため、家財蔵書を失い、中野区昭和通り大江良太郎宅に仮寓。六月、父勘五郎没。七月、折口信夫とともに運輸省の交通道徳昂揚運動のため、名古屋鉄道局管内を巡り歌仙一巻を巻く。八月終戦の日、母ふさ没。十一月、鎌倉材木座海岸に仮寓。

一九四六（昭和二十一）年　57歳
一月、「春燈」創刊、主宰。三月、生活社より句集『これやこの』刊行。九月、文藝春秋新社より久保田万太郎・久米正雄『互選句集』刊行。十二月、三田きみと結婚。

一九四七（昭和二十二）年　58歳
一月、好学社より『久保田万太郎全集』全十八巻刊行開始。三月、長男耕一、横井伸子と結婚。四月、慶應義

塾評議員、国学院大学講師、読売新聞社演劇文化賞選定委員に就任。七月、日本芸術院会員となる。十一月、林彦三郎の隣家の鎌倉材木座四七二番地に居を構える。十二月、木曜書房より句集『春燈抄』刊行。

一九四九（昭和二十四）年 **60歳**

二月、毎日新聞社演劇賞選定委員に、五月、日本放送協会理事に就任。四月、妹小夜子結婚。八月、郵政審議会専門委員、九月、芸術祭執行委員、十月、文化勲章及び文化功労者選考委員及び文化財保護専門委員に就任。

一九五一（昭和二十六）年 **62歳**

一月、歌舞伎座新装。三月、NHK放送文化賞受賞。五月、国際演劇会議出席のためノルウェーの首都オスロに行き、帰途イギリス、フランス、イタリアを経て六月に帰国。六月、現代俳句社より自選句集『久保田万太郎集』刊行。東京西銀座の清岡旅館に滞在、執筆。

一九五二（昭和二十七）年 **63歳**

三月、創元社より句集『冬三日月』刊行。十一月、創元社より句集『草の丈』刊行。

一九五三（昭和二十八）年 **64歳**

東銀座に移転した清岡旅館に滞在、執筆多く、この年三隅一子に再会。

一九五四（昭和二十九）年 **65歳**

二月、角川書店より「昭和文学全集『久保田万太郎・岸田國士集』」を刊行。三月、岸田國士没。

一九五五（昭和三十）年 **66歳**

六月、鎌倉を引き払い、文京区湯島天神町二丁目十番地に転居。

一九五六（昭和三十一）年 **67歳**

十月、中央公論社より小説集『三の酉』刊行。十一月、日中文化交流使節として中華人民共和国に派遣され、長男耕一を秘書として同道する。

一九五七（昭和三十二）年 **68歳**

一月、『三の酉』で読売文学賞受賞。二月二十日、長男耕一、肺結核で没。この頃より、港区赤坂伝馬町三丁目十三番地三隅方に隠棲。十二月、日本演劇代表として再度中華人民共和国に赴く。

一九五八（昭和三十三）年 **69歳**

五月、広島市三瀧山に「焦土かく風たちまちにかをりたる」の句碑の除幕式。十一月、文藝春秋新社より句集『流寓抄』を刊行。

一九六〇（昭和三十五）年 **71歳**

十一月、赤坂伝馬町の仮寓から三隅一子とともに同区福吉町一番地に転居。十二月、胃潰瘍悪化のため断酒。

一九六二（昭和三十七）年　73歳

十一月六日、慶應義塾に死後の著作権寄贈を申し入れ、翌七日、誕生祝の席上でこれを発表する。十二月、三隅一子没。

一九六三（昭和三十八）年　73歳

一月、慶應義塾大学病院に入院し、二月に退院。五月六日、梅原龍三郎邸での会食中の誤嚥による気管閉塞窒息のため、午後六時二十五分、慶應義塾大学病院にて死去。十二月、文藝春秋新社より句集『流寓抄以後』を刊行。

（編集部編）

高柳克弘（たかやなぎ　かつひろ）
1980年、静岡県浜松市生れ。早稲田大学大学院教育学研究科で松尾芭蕉を研究し、修士修了。2002年俳句結社「鷹」に入会し、藤田湘子に師事。05年より「鷹」編集長。04年「息吹」で第19回俳句研究賞を最年少で受賞、08年「凛然たる青春」で第22回俳人協会評論新人賞受賞、10年句集『未踏』で第1回田中裕明賞受賞。主な著書に、句集『寒林』（ふらんす堂、2016）、『芭蕉の一句』（同、2008）、『芭蕉と歩く「おくのほそ道」ノート』（角川学芸出版、2012）、『NHK俳句　名句徹底鑑賞ドリル』（NHK出版、2017）等がある。
17年4月から18年3月までNHKのEテレ番組「NHK俳句」選者。

どれがほんと？――万太郎俳句の虚と実

2018年4月25日　初版第1刷発行

著　者――――高柳克弘
発行者――――古屋正博
発行所――――慶應義塾大学出版会株式会社
〒108-8346　東京都港区三田2-19-30
TEL〔編集部〕03-3451-0931
〔営業部〕03-3451-3584〈ご注文〉
〃　03-3451-6926
FAX〔営業部〕03-3451-3122
振替　00190-8-155497
URL　http://www.keio-up.co.jp/
装　丁――――廣田清子
組　版――――株式会社キャップス
印刷・製本――中央精版印刷株式会社
カバー印刷――株式会社太平印刷社

Printed in Japan　ISBN 978-4-7664-2513-0